Anjali Sriram

GELIEBTE GOTTES

Drei Erzählungen

Engelsdorfer Verlag
Leipzig
2012

Bibliografische Information durch die
Deutsche Nationalbibliothek:
Die Deutsche Nationalbibliothek verzeichnet diese
Publikation in der Deutschen Nationalbibliografie;
detaillierte bibliografische Daten sind im Internet über
http://www.dnb.de abrufbar.

ISBN 978-3-95488-124-6

Umschlaggestaltung: Hans Jürgen Diez, Frankfurt
Skizzen © Shailaja McFadyen, Mumbay
Hergestellt in Leipzig, Germany (EU)
www.engelsdorfer-verlag.de

12,00 Euro (D)

INHALTSANGABE

VORWORT von R. SRIRAM

Seit 25 Jahren kommen Menschen zu mir, die auf der Suche nach dem Sinn des Lebens sind. Ich lehre aus den altindischen Weisheitsschriften, mit denen ich in Indien aufgewachsen bin. Es wird mir immer mehr bewusst, dass eine jede Suche an Grenzen stößt, wenn allein die Weisheiten und Erfahrungen anderer Kulturen die Grundlagen für die ernsthaft Suchenden bilden. Denn erst, wenn die Grundlagen der eigenen Kultur bekannt sind, werden die Muster des menschlichen Handelns besser verstanden.

Als Angehörige der europäischen Kulturgemeinschaft brauchen meine westlichen Schüler auch die Mythen und Legenden aus den Religionen, auf deren Basis ihre eigene Kultur entstanden ist. Über die Jahre hinweg habe ich beobachtet, dass Menschen mit großen Lebensfragen ihre eigenen Mythen nicht genau kennen, weil sie die Institution der Kirche ablehnen. Zwar sind ihnen viele alte Bilder vertraut, doch sie diskutieren nicht ihren Sinn für die heutige Welt, und es ist, als wären die Madonna mit den Engeln,Moses‘ Gebote und auch der Sündenfall mit einem Tabu belegt, dass man nicht hinterfragen darf. Die biblischen Geschichten brauchen eine zeitgemäße Interpretation und einen lebendigen Diskurs. Im asiatischen Raum wäre das kein Tabubruch. Dort wird die Fessel des geschriebenen Wortes seit Menschengedenken locker gehalten, und damit ist der Glaube lebendig.

Im Bereich der Spiritualität oder Religion, der Esoterik, Psychologie oder der östlichen Übungs- und Glaubenswege, ist es die moderne Frau, die in der vordersten Reihe bei der Suche nach dem Selbst steht. Steht es ihr nicht zu, die Frage nach dem erstgeschaffenen Menschen zu stellen und die Heilige Schrift aus weiblicher Sicht zu interpretieren? Ist Eva etwa Adam wie aus einem Käfig entkommen, um ihre Selbständigkeit zu behaupten, während er ihr ewig nachtrauert und sich nach der Freiheit von der Frau sehnt? Gibt es einen Zusammenhang zwischen der abenteuerlichen Lebensgeschichte von Moses und den Geboten, mit denen er die Gesellschaft dem Patriarchat unterwarf?

Es ist Zeit, die weibliche Stimme aus alten christlichen Mythen zu uns sprechen zu lassen, um die Suche nach dem Sinn voranzutreiben. In dem hier vorliegenden Werk können wir über den Stoff, aus dem sich die westliche Kultur geformt hat, tief reflektieren und befreit von Normen über das Leben meditieren.

Mirjam, die Zauberin

Du sollst den Namen deines Gottes nicht missbrauchen, denn er wird den nicht ungestraft lassen, der ihn missbraucht. (2. Moses 20.7)

Verwundert

blickte der Herrscher auf die hinreißende Mirjam. Sie wirbelte mit sieben Tänzerinnen im Kreis herum.

„Die junge Leviterin hat die geschmeidige Sprungkraft einer Raubkatze", dachte er. Wilde Wucht lag in dem Aufschrei der acht Frauen, als jede einen Fuß zur Innenmitte des Reigens setzte, den anderen in der Luft hielt und einen Takt lang verharrte. Kaum waren sie allesamt in die Knie hinabgefedert, schon sprangen sie hoch – Mirjam dabei ein wenig höher als die anderen. Sie warf das Tamburin in die Lüfte, bewegte die Arme in Wellen, als schwebte ihre anmutige Gestalt über dem Wasser, um gleich danach mit kraftvollem Griff die Handtrommel wieder einzufangen. Stilles Staunen zog sich durch die versammelte Hofgesellschaft. Ehrfürchtig schauten die mit schwerem Goldgeschmeide versehenen Frauen auf die Tanzwut der zierlichen Gestalt im dunklen, wehenden Gewand. Erinnerten sie sich an die schlichte Sinnesfreude, die das Dasein beflügelte, und fühlten sich mit einem Male wie Gefangene ihrer Prunksucht? Schmächtig wirkten die Eroberer der Wüsten und die Erbauer der Pyramiden inmitten der hohen Mauern und unter den kolossalen Steinsäulen ihres

Palastes, während sie sich am Tanz ihrer Untertanen ergötzten.

„In der juwelenbestückten Kammer meines Schlafes aus Weihrauchduft empfing sein Auge mich. Öffnet, öffnet das Torschloss. Erwachet, ihr Frauen! Mit keinem Namen können wir ihn rufen. Er, dessen Namen ungesagt bleibt, er kommt. Wacht auf und feiert ihn. Haschem", sang Mirjam mit glockenreiner Stimme auf Hebräisch. Ramses, der Pharao, gab sich großmütig und hörte gelassen zu, wie das Sklavenvolk seine Träume über die Befreiung besang:

„Haschem", ahmte er Mirjams Rufe nach und sagte sich:

„Haschem bedeutet lediglich ‚den Namen'. Also besingen sie etwas, welches sie nicht benennen können. Sie haben keinen Namen für ihren Gott. Solche Unklarheit ist mir willkommen. Sie können nicht gefährlich werden. Wer seinen Glauben nicht mal benennen kann, wird unter meiner Herrschaft bleiben. Fleißige Arbeiter sind sie, die Leviter." Er blickte zufrieden hinüber auf die Darstellung von Re, seines Sonnengottes, dessen Falkenkopf kühn nach Süden schaute. Die mächtige Figur war in die Westmauer hineingeschlagen und schien alles Treiben zu überragen.

Als das ausgelassene Tanzen beendet war, führte eine ältere Tänzerin die junge Mirjam, die alle Aufmerksamkeit auf sich gezogen hatte, die Stufen zum Pharaonenthron hinauf. Die beiden Frauen warfen sich zu Füßen des Mannes nieder und legten die Stirn auf den staubigen Boden. Beim Erheben erklang Stolz, mit eigenartigem Unterton vermischt, aus der Stimme der Älteren.

„Göttlicher Pharao, das ist Mirjam, meine Tochter", sagte sie. Überrascht betrachtete Ramses Mirjams Züge. Ihr rechtes Auge schien ein wenig kleiner zu sein als das linke. Beim genauen Hinsehen fand er es sogar ein wenig schief. Es war, als würde ein Auge strahlen und das andere die Wirkung des strahlenden Auges betrachten. Ihr Körper aber war ebenmäßig und anziehend, so dass der kleine Makel fesselte. Aber nicht nur das. Da war noch eine andere Besonderheit an dem jungen Mädchen, die er nicht in Worte kleiden konnte. War es möglich, dass sie alltäglichen Geschehnissen Doppeldeutigkeit andichtete? Ihre Mutter bewies sich als ein äußerst raffiniertes Weib, damals, als sie sich den Zugang zum Palast verschafft hatte. Wird dieses junge Ding eines Tages gar Unheil verkünden? Etwas Unbezähmbares lag in ihr. Ach dieses hebräische Kummervolk mit seinem Wunsch nach Freiheit, dachte Ramses und fragte seinen Ratgeber, der die beiden Frauen näher heranwinkte:

„Ist die Kleine, die so hemmungslos tanzte, von einem geheimen Auftrag besessen?" Mirjam lächelte Ramses direkt ins Gesicht und antwortete anstelle des Ratgebers:

„Ein großer Traum hat alle verzaubert." Ihre Stimme klang lieblich wie ein Vogel am frühen Morgen, bevor er abhebt. Verblüfft über ihre doppeldeutigen Worte überreichte er Mirjam die Trophäe aus Elfenbein. Überheblich schmunzelte der große Ramses und bedeutete Iokabeth, Mirjams Mutter, mit einer Geste, sich zu entfernen.

In seinem Innern sah es anders aus. Er war betroffen.

„Sie führen etwas im Schilde. Bei meinem Amun, ich werde sie sorgfältig bewachen lassen“, sprach er laut. Doch schon bald beruhigte er sich wieder. Er dachte an das Henkelkreuz seines blauen Gottes, des Schutzherrn über Memphis. Hätte er Mirjams Verbindung zu einem sehenden Auge, ja hätte er die Prophetin in ihr hinter ihrem jugendlichen Glanz wahrgenommen, wäre sein Glaube an seine Unbesiegbarkeit einem Treibholz gleich davongeschwommen. Mirjam nämlich war kein Wirbelwind, der lediglich für Aufruhr sorgen würde. Sie kannte die starke göttliche Macht genau, die ihr leidenschaftliches Verlangen nach Freiheit segnete.

Erhaben

schritt Mirjam hinter ihrer Mutter die Stufen hinunter. Ihre Augen schauten suchend in die Menge. Ein junger Prinz, neben der Statue der Isis stehend, lächelte sie an. Ihre Blicke verschmolzen und Mirjam erkannte den, den sie suchte: „Das ist er!“ Ihr Herz hüpfte. Ein Kämpfer, ein Ringer, ein geborener Anführer, dachte sie. Auch er war von Mirjam beeindruckt und blieb gebannt stehen, während sie auf ihn zuging. Ein einziger Blitz durchzuckte die beiden. Verbunden, vertraut. Verwandt. Erkannt. Beim Weitergehen streifte Mirjam sanft seine Hand und verschwand. Sie hatte genug erfahren: Moses übertraf all ihre Erwartungen.

Der traurige Anblick, wie er einst als Säugling im Bastkörbchen, ins Ungewisse, den Nil hinuntertrieb, tauchte wieder vor ihr auf. Ein unvergessliches Bild, welches ihr so oft erschienen war. Damals war Mirjam noch ein Kind gewesen und hatte sich einen Engel an des Brüderchens Seite gewünscht. Nachdem sie ihn nun als jungen Mann entdeckt hatte, kam die Gewissheit in ihr auf: Moses wird uns den Weg zeigen.

„Moses ist prächtig geworden. Er ist unsere Hoffnung", sagte sie draußen vor dem Pharaonenpalast freudig zu den Leviterinnen. Hintereinander kletterten die Tänzerinnen in den Pferdewagen, um zurück zu ihrer Siedlung zu fahren. Sie kannten die Geschichte von Moses und wussten, dass ihr Stammesgenosse unter falscher Identität am Hofe lebte. Neugierig lauschten alle Mirjams Beschreibung:

„Meines Bruders Augen verloren sich in der Weite, als würde er lauschen und den Lockruf Haschems vernehmen." Mirjams Blick kehrte sich nach innen.

Iokabeth, Mirjams Mutter, wurde still. Moses, ihr Sohn, den sie einst dem Fluss aussetzen musste, schien in dem kleinen Bastkörbchen ins Glück geschwebt zu sein. Nun stand er an sechster Stelle in der Nachfolge des Pharaonenthrons. Was würde geschehen, wenn er von seiner wahren Herkunft erführe? Ihr ältester Sohn, Aaron, mit seiner Wortgewandtheit, seiner Fähigkeit, fremde Sprachen schnell zu erlernen, weilte als einziger aus dem Hebräervolk oft im priesterlichen Erziehungshaus des Pharaonenhofes. Er war dort zugelassen, weil er mit seinem Lerneifer die Kinder der Aristokratie mitriss. Mit ihm lernten sie aus dem jeweiligen Stand der Sonne eine mathematische Rechnung zu entwickeln, ereiferten sich an den ägyptischen Göttern und an dem geheimen

Mysterienkult ihrer Priester. Und nun hatte ihre Tochter den gesamten Hof beeindruckt. Was würde mit ihren Kindern geschehen, wenn sie sich mit Moses zusammentäten? Iokabeth stimmte leise ein Lied an:

„Sind unseres Volkes Töchter stumm, taub oder blind? Erweckt sie! Steht auf, folgt Mirjam ***und singt tanzend im Reigen.****" (2. Moses 15.20)* Die Inbrunst ihrer sanften, tiefen Stimme bewegte die Frauen auf der Heimfahrt. Es war, als würde ihren Sehnsüchten Gedanken verliehen: Hinaus in die Wüste, wo ungestört von Göttern oder Göttinnen die Seele mit sich selbst spricht, sich als heil empfindet, und wo es weder Herrscher noch Beherrschte gibt. Ihre Zuversicht, dass sie eines Tages dorthin ziehen könnten, wo das Herz der Nomaden frei wäre, wuchs auf der harten Bank des Wagens. Mirjam nahm Mutters Arm und verkündete mit Gewissheit:

„Moses wird in den Schoß unserer Familie zurückkehren. Eines Tages wird er uns durch das Schilfmeer in das Land führen, in dem Milch und Honig fließt, zur Stätte der Ahnen wird er uns geleiten. Ungebunden werden wir umherziehen und verbunden sein mit dem einen Geheimnis! Mit vielen Namen werden die Ägypter nach Gott rufen, sich im Meer ihrer Kriegskünste verirren. Moses wird uns die Gesetze an einem Ort offenbaren, an dem wir mit uns selbst in Einklang sind. In die Landschaft unserer Träume werden wir mit ihm ziehen. Bald ist die Zeit reif. Wir werden einen sicheren Platz finden, an dem wir Frauen singen und tanzen und unser inneres Reich nach außen kehren können." Mirjam beendete ihre Zukunftsvisionen mit fröhlichem

Gelächter, und wie auf ein Zeichen hin, schnalzten alle Leviterinnen ausgelassen mit der Zunge und stimmten den Refrain an: *„Erweckt sie, steht auf,* ***folgt ihr und singt tanzend im Reigen: Adonai, der Herr!*** *" (2. Moses 15.20)*

Allmählich verklangen die Gesänge und die Nacht senkte sich herab. Die Frauen wurden still. Melancholisch wirkten auf einmal Mirjams Prophezeiungen:

„Frauen, wenn wir vor der Unterdrückung des Pharaonenhofes fliehen, aus den ägyptischen Städten hinausziehen, müssen wir unser Verlangen nach der verlorenen Heimat am Ufer des Meeres aushalten und unsere Sehnsucht nach einer neuen Heimat in der Wüste ertragen lernen. Wir werden eine fruchtbare Oase finden, von einem Dattelbaumwäldchen beschattet, sie wird uns Glück verheißen. Erfüllung finden wir aber erst, wenn Moses einen steilen Berg erklimmen und mit Haschem sprechen wird. Er wird eines Tages unseren innigsten Wunsch ausdrücken. Moses wird ohne Angst den Gipfel eines unbezwingbaren Berges im Sinai erklimmen. Er versteht die Sprache, die niemand spricht: die Laute des Einzigen. Welch himmlische Gedanken!" Leise summten die Leviterinnen: ***„Folgt ihr und singt tanzend im Reigen: Adonai hat eine herrliche Tat getan."*** *(2. Moses 15.20)*

Aufmerksam

hatte Prinzessin Bint-Ananth die Begegnung im Palasthof zwischen Mirjam und Moses verfolgt. Ein Schatten legte sich über die edlen Züge der Pharaonentochter.

„Was spürt Moses?“, fragte sie sich ängstlich. Die großen Mandelaugen, die flachen Wangen, der lange Hals und die zarte Nase verliehen ihr Würde, der Trauer nicht anstand. Mit scheinbarer Gelassenheit sprach sie zu ihrem Mann:

„Kess ist sie, die kleine Tänzerin aus dem Hebräervolk. Ich hoffe, sie sucht keinen weiteren Kontakt zu Moses.“

Bint-Ananth hatte Moses als Säugling im Schilf am Ufer des Nil gefunden. Er trug das Namensbändchen Thut-amosis an seinem Beinchen. Da es „gottgezeugt“ bedeutet, betrachtete die kinderlose Prinzessin ihn als Geschenk der Götter. Als sie ihn auf den Arm nahm, um ihn ins Haus zu tragen, war ihr, so erinnerte sie sich jetzt, ein kleines, höchstens sechsjähriges Mädchen aus dem Volk der Leviter gefolgt und hatte seine eigene Mutter als Amme angepriesen. Die Augen der Kleinen hatten diesen besonderen Ausdruck besessen, wirkten, als würden sie über die Dinge hinwegsehen, einerseits dem Schicksal ergeben, andererseits voller Aufbruch. Bint-Ananth war sonderbar zu Mute gewesen, als sie das tiefe Vertrauen spürte, welches das Kind ihr, einer Fremden, gegenüber zeigte. Es schien von einer höheren Macht angetrieben, einer, die sie nicht kannte. Ein Zauber lag über dem Säugling und dem Mädchen. Dieses Gefühl der Verbundenheit übertrug sich. Deshalb ließ sie die Mutter des Mädchens, Iokabeth, den kleinen Moses drei Jahre lang stillen und nahm dabei in Kauf, dass der Hof spottete:

„Ach, eine Leviterin hat wohl die kräftige Milch einer Ziege, denn ihr Volk besteht aus Ziegenhirten.“ Das

Gerede endete, als Moses drei Jahre alt war. Iokabeth verschwand aus ihrem Umfeld, und dem kleinen, prächtigen Jungen wurde schon bald der Titel eines Prinzen verliehen. Als der Pharao allerdings eine besondere Vorliebe für den Burschen entwickelte, beunruhigte sie dieses Gefühl. Ihre Nachforschungen hatten ergeben, dass Iokabeth, ihre ehemalige Amme, in Wirklichkeit die wahre Mutter von Moses war. Vielleicht hatte Ramses, obwohl er viele Sklavinnen hatte, auch einmal Gefallen an Iokabeth gefunden? Wähnte sich der Pharao gar als Erzeuger von Moses? Bint-Ananth behielt diese Fragen jedoch für sich. Jetzt hatten die tanzenden Leviterinnen diese eigenwilligen Gedanken wieder aufgewühlt.

„Diese Mirjam ist jenes kleine Mädchen von damals, sie und Moses gehören zusammen“, hatte sie geflüstert, als sie die ehemalige Amme mit Mirjam zusammen beim Tanzen erkannte. Wie geschickt diese Mirjam schon als Kind die Fäden zu spannen gewusst hatte! Ob sie wohl eine Gefahr für den Aufstieg ihres Sohnes sein könnte? Kaum waren die Tänzerinnen aus ihrem Blickfeld verschwunden, rief sie Moses zu sich:

„Du wirkst abwesend, über was grübelst du nach, Sohn?“

„Über das Leben der Leviter“, antwortete er, ohne zu wissen, dass genau das Bint-Ananth befürchtete. Sie jedoch antwortete selbstsicher:

„Sie sind dir ähnlicher, als du denkst, und du brauchst ihnen kein Geheimnis anzudichten.“ Moses ärgerte sich über die Neugier von Bint-Ananth und antwortete nichts mehr. Er spürte, dass da noch etwas war in seinem Leben, etwas Verborgenes. Es bedrängte ihn. Oft fühlte er sich fremd unter den Prinzen bei Hof. Gern ritt er auf seinem Pferd hinaus in die Wüste, betrachtete die Weite und fragte sich: Wer bin ich? Und was will ich sein? Krieger, Held oder ein Heilsbringer – doch für wen? Diese Fragen bedrängten ihn mehr und mehr. Seit der Begegnung mit Mirjam kreisten seine Gedanken um die ungewöhnliche Tänzerin. Er konnte nicht wissen, dass sie seine Halbschwester war. Sie hatte sein Herz aufgewühlt, und er wollte sie suchen. Eine waghalsige Unternehmung würde es sein, als Prinz durch die Siedlung der versklavten Leviter zu reiten, aber er hatte Mut. Während die Feierlichkeiten am Hof bis in die tiefe Nacht hinein weitergingen, weilte er in den Ställen. Er streichelte seinem schwarzen Hengst den Kopf und blies in die warmen Nüstern:

„Ich werde herausfinden, wo sie wohnt. Und werde dorthin reiten!"

Da Bint-Ananth sich, ihrem Mann und auch ihrem Findlingssohn Moses großzügig jede Laune gewährte, hatte sie längst beschlossen, Moses Kommen und Gehen nicht weiter zu beachten. Trotzdem dachte sie in jener Nacht, als Moses wortkarg dem festlichen Treiben entschwand: Er sucht das Abenteuer. Ich werde den Pharao überreden müssen, meinen kleinen Prinz Moses am nächsten Feldzug teilnehmen zu lassen.

Freudig

deutete Mirjam am frühen Morgen das Vorzeichen des Tages. Beim ersten Sonnenstrahl schrie der Kranich und übertönte den Hahn. Sie hörte die Stimme:

„Gewinne deinen Bruder erst für dich und dann bestürme ihn, bei der Freilassung der Hebräer mitzuwirken." Mit geschlossenen Augen lauschte sie eine Weile dem Gezwitscher der Flügelträger. Schon bald würde Moses sich auf den Weg hierher machen. An diesem Tag noch würde er sie finden.

„Moses", flüsterte sie, „deine Stärke liegt nicht in deinem schönen Aussehen und auch nicht in deinen Worten, sondern in deiner Willenskraft. Lass Aaron, unseren älteren Bruder, fortan für uns sprechen. Gemeinsam werden wir den Pharao umstimmen. Er wird uns ziehen lassen, dann, wenn er unsere Gewissheit fürchten lernt und ihn die Kraft unseres Zusammenhalts aufschreckt."

Es wurde Mittag. Ihr kleines Lehmhaus lag in einer Gasse aus rotem Staub, in die viele Gassen, die von gleichaussehenden Häusern gesäumt wurden, mündeten. Die Hebräersiedlung mit den verzweigten Straßen war für Fremde ein Labyrinth. Jetzt in der Sonnenglut waren Fenster und Türen überall geschlossen. Moses irrte inzwischen längst in Mirjams Nähe umher. Seinen schwarzen Hengst hatte er am Rande der Siedlung unter einem schattigen Tamariskenbaum angebunden. Und Mirjam wartete, weil eine ereignisreiche Begegnung immer einen Suchenden und einen Wartenden voraussetzt.

Mirjams Vater Amram und ihr Bruder Aaron waren im Steinbruch. Ramses baute neue Tempel und brauchte die Hebräer als Arbeiter. Vor Einbruch der Dunkelheit würden sie nicht zurück sein. Falls Aaron von der Arbeit entbunden würde, würde er zum Palast gehen. Er war versessen auf seine Studien, die er im priesterlichen Erziehungshaus zusammen mit den jungen Höflingen unternahm. Die Noblen profitierten von dem geistreichen Leviter und seiner Auffassungsgabe. Moses dagegen war diesem Unterricht stets ferngeblieben. Aaron aber wusste, welches Privileg es war, unter den Ägyptern zugelassen zu sein, um zu lernen. Stets behielt er dabei seine Ziele im Auge – den Auszug seines Volkes und dann den Aufbau eines neuen Staates.

Jedenfalls war Mirjam allein in der Kammer und wob an einem Tuch – auch Iokabeth war ausgegangen –, als es klopfte. Sie sprang auf, lief zur Tür und öffnete.

„Moses“, sagte sie und zügelte ihre überschäumende Freude. Sie durfte ihm nicht zu nahe kommen, noch nicht. Ach könnte sie ihn doch in die Arme schließen und rufen: „Mein kleiner Bruder!“ Moses blieb stumm. Ihr fiel auf, wie jung er noch war.

„Wie hast du mich so schnell gefunden?“, fragte sie, während er sich verstohlen umsah. Die Schlichtheit ihrer Behausung war ungewohnt für den Prinzen. Bald jedoch nahm Mirjam ihn ganz gefangen. Ihre anmutige Gestalt erinnerte ihn an ein Reh. Eines ihrer Augen glich der strahlenden Sonne, das andere hingegen wirkte still und geheimnisvoll wie der Mond. Mirjam vereinigt den gesamten Kosmos, sie ist eine Zauberin, dachte

Moses mit der schüchternen Verliebtheit eines Jungen zu einer erwachsenen Frau. Dann endlich begann er zu sprechen:

„Die Köchin meiner Mutter, der Prinzessin, sagt, d…deine Mutter sei einst meine A…Amme gewesen. Du bist eine Art Schwester für mich. Sie kannte eure Gegend und beschrieb mir den Weg zu euch."

„Was weißt du über mich, deine sogenannte Schwester?", fragte Mirjam heiter und sang:

„*Folgt ihr und singt tanzend im Reigen: Adonai.*" Sie tänzelte ohne die geringste Schüchternheit durch den Raum.

„Welcher Adonai, wa…aas bedeutet Adonai?", fragte Moses stotternd.

„Einer, den man nicht benennen kann, den man finden muss, der sich immer versteckt hält. Wir sind flüchtig wie ein Windhauch, und auch wenn der Pharao große Götter aus Stein baut, lebt dieser Gott nicht in seinen Tempeln, nicht in den Antlitzen der Skulpturen und ist nicht in den vielen Namen. Er ist verborgen im Innersten unserer Seele und hilft uns, nicht zu zerbrechen." Mirjam legte ihre feinen langen Finger auf ihre Brust und sagte: „Er ist, der er ist." Moses war wie benebelt, als er sie weiter sprechen hörte:

„Und meine Seele, Moses, will frei sein und tanzen."

Bevor er dies alles verstehen konnte, nahm sie die Ahnenrolle aus Pergament herab, die an der Wand hing. Er streifte seinen Umhang ab und folgte ihr mit feurig schimmerndem Blick.

„In der Schriftrolle ist, in hebräischer Sprache, die Stätte unserer Vorfahren beschrieben. Ein Ort der Geborgenheit und des Lichts. Es steht geschrieben, dass die Abstammung der Leviter heilig ist. Wir sind keine Adligen, aber Auserwählte eines großen Ereignisses." Mirjam hielt ihm die Pergamentrolle hin, und Moses befühlte sie.

„Mirjam, offenbare Moses, dass du seine wirkliche Schwester bist. Zauber wird in den Stab fließen", hörte sie eine innere Stimme sprechen. Doch ohne zu verstehen, was mit dem Stab gemeint war, antwortete sie laut:

„Jetzt noch nicht."

„Was?", fragte Moses und fasste Mirjam ungestüm am Oberarm.

„Ein anderes Mal, Moses, werde ich dir die Tür öffnen, so dass du erwachen und hineingehen kannst in ein Reich aus Juwelen und Seligkeit." Energisch entfernte sie seine Hand und sagte zärtlich:

„Einmal wirst du das Wasser überlisten."

„Welches Wasser?", fragte Moses, spürte aber eine Verbundenheit wie nie zuvor mit einem Menschen. Das Blut pochte in seinen Adern.

„Ja, ich w...will übers Wasser gehen können!", jubelte er. Aaron kam an diesem Mittag unerwartet zurück in sein Haus und war erstaunt, einen Jüngling mit den Juwelen eines ägyptischen Prinzen auf der Brust vorzufinden. Er musterte den jungen Mann und wurde sich schnell bewusst, wen er vor sich hatte.

„Du bist Moses. Komm doch bei Vollmond im Peret in der Zeit der Aussaat wieder. Bring einen der silbernen Stäbe aus dem Tempel mit. Sie sind mit dem Bildnis der Totenfresserin Amit verziert, der Dämonin, die ein Krokodilsgesicht, den Leib eines Kalbs und die Hinterläufe eines Pferdes hat. Mirjam wird dich einweisen." Nie zuvor hatte Moses etwas von diesem Stab gehört.

„W…wie soll ich einen solchen finden?", fragte er hilflos. Die Priester mochten Moses nicht, da er sich nur in den Pferdeställen und bei den Kriegern herumtrieb und nicht lernen wollte. Sie nannten ihn abfällig einen Stotterer. Moses kannte deren Reden und seufzte. Doch dann schoss er auf, packte seinen Umhang und stürmte davon.

Dass er „gewiss d…doch" gerufen hatte, wurde von seinen Geschwistern nicht mehr gehört. Sie aber ahnten, dass er „sicher" gemeint hatte.

Von Sinnen

seid ihr, Moses wieder herzubitten", sagte Iokabeth mit einer für sie ungewöhnlichen Strenge.

„Frauen", redete der wortgewandte Aaron Mutter und Schwester an, „Moses ist fasziniert von Mirjam. Unsere Alten sagen, das Vieh erkennt seine Verwandten am Geruch. Warum soll es uns nicht auch so ergehen? Moses ahnt, dass Mirjam den Schlüssel zu seinem wahren Wesen besitzt. Sie darf ihn nicht enttäuschen. Wie sonst kann er die große Enthüllung ertragen, kein

Prinz des Hofes zu sein, sondern ein ausgesetzter Sohn von einer Frau aus dem Sklavenvolk? Er wird uns hassen und zum Feind seines eigenen Volkes werden. Mirjam, das Schicksal der Leviter liegt jetzt in deiner Hand. Hole ihn mit großer Geschicklichkeit zu unserem Stamm zurück." Iokabeth hatte angespannt zugehört. Aufgebracht erhob sie sich aus der Hocke, aus der heraus sie das Feuer der Kochstelle schürte, und sagte harsch:

„Ihr wisst nicht alles. Moses ist euer Halbbruder. Sein Vater ist … Ach, lasst ihn in seinem Glück. Er hat am Hof des Pharaos eine große Zukunft!" Mirjams Augen fixierten Iokabeth. Das eine Auge erkannte die verborgene Liebschaft der Mutter, das andere lächelte spöttisch, weil Mutter es nicht hätte ändern können und so weise gewesen war, nichts zu verraten.

Ja, dachte sie hellsichtig, es stimmt, es gibt ein düsteres Geheimnis. Hatte der Pharao ihre Mutter nicht wie eine der vielen aus seinem Harem behandelt? Warum hatte Mutter die Stufen zu seinem Thron mit ihr hinaufschreiten dürfen? Hatte Ramses ihre Mutter nicht eine Spur zu vertraut angesehen? Der große Ramses hatte hundert Frauen. Aber wenn er sich langweilte, würde er sich sicher jede Frau herbeiholen lassen.

„Was denkt unser Vater Amram über die Sache mit Moses?", fragte sie Iokabeth. Die Mutter schwieg. Spannung breitete sich unter ihnen aus, als der von der schweißtreibenden Arbeit im Steinbruch zurückkehrende Amram die Tür öffnete und eintrat. Mirjam stimmte sofort ein altes Lied an: „*Adonai, du Freiheit bist Wahrheit, bist stürmischer Wind, kommst mit der leichten Brise, oh Adonai.* Sie wiederholte die Zeile, wandelte A zu K, also Adonai zu Kadonei, denn sie wollte den Namen des ewigen Herrn nicht zu oft aussprechen. Frisch rein und unberührt sollte das Geheiligte bleiben. Mirjams Gesang in tragender Melodie beruhigte das Gemüt der Mutter. Aaron begleitete Mirjam summend auf dem Tof, während Iokabeth das Essen zubereitete. *„Kadonai verheißt: Ich bin, der ich bin"*, sangen die beiden Geschwister.

„Und Moses ist, was er ist", sagte Aaron klug, als er sich zum gemeinsamen Mahl auf den Boden setzte. Wie an jedem Abend gab es Getreidebrei mit einem Teelöffel Rosinenmus, serviert auf einem großen Blatt. „Keiner von uns kann mit Jenem auf Augenhöhe sprechen", fügte Amram hinzu, aber Mirjam widersprach ihrem Vater:

„Oh doch, Prinz Moses wird es tun. Er allein kann sagen, ich bin das Andere, ich bin nicht nur das, was ich scheine, sondern auch jenes. Moses ist Ägypter, Hebräer, Freund, Bruder, Sohn, Abtrünniger und Verlierer." Weil niemand etwas ihrer Ausführung hinzufügte, sagte sie schelmisch: „Und gottgezeugt." Amram lehnte sich müde an die Wand: „Wir brauchen einen Anführer, und sei es ein ägyptischer Prinz, den eine Vision ereilt." Mirjam bekam plötzlich jenen weltabgewandten Ausdruck, den ihre Familie oft schon bei ihr wahrgenommen hatte. Mit Engelsstimme und nach oben verdrehten Augen verkündigte sie:

„Unsere Männer werden alles Träge überwinden, wie aus einem Schlaf erwachen, um übers Meer in die

Freiheit zu laufen. Dort im Sinai wird Moses einen Berg besteigen und die Essenz unserer Bestimmung empfangen. ‚Ich bin, der ich bin, ohne Name' wird er vernehmen und noch einiges mehr. Danach werden wir wissen, wer wir wirklich sind und was unsere Aufgabe ist. Unsere Frauen werden tanzen. Mit summenden Lippen alle Streitenden beschwichtigen und das unsichtbare Licht des Friedens herbeizaubern. Farbenfroh werden unsere Kostüme sein. Das ewige Schwarz und Weiß, welches wir hier tragen müssen, lassen wir ebenso hinter uns wie die Wertungen in Gut und Böse. Die Verdammten der Selbsttäuschung sollen aufwachen. Wir alle sind nicht das, was wir glauben zu sein. Segne uns, Adonai. Ich bin, die ich bin, eure Seherin." Verblüfft saß die Familie im Kreis um Mirjam herum. Sie lauschten andächtig den Gesängen ihrer Prophetin: *„In der juwelenbestückten Kammer meines Schlafes aus Weihrauchduft empfing sein Auge mich. Öffnet, öffnet das Torschloss. Erwachet! Mit keinem Namen können wir ihn rufen. Er kommt. Wacht auf und feiert ihn."*

Festgeklammert

an ihren Bruder Aaron, so dass er sich einen Moment lang nicht bewegen konnte, flüsterte Mirjam eines Abends eindringlich in sein Ohr:

„Bleib zu Hause und gehe nicht in den Aperutempel. Ich sah in meinem Traum dort ein abscheuliches Gesicht." Überrascht von der Heftigkeit ihrer Berührung, blickte er sie verwundert an. An jedem Mondwechsel trafen sich die jungen Männer der Leviter in dem einsamen Tempelhof, um über die Zukunft ihres Stammes zu beraten. Er, Aaron, war dort einer der wichtigsten Sprecher. Warum sollte er heute nicht hingehen? Nur weil seine Schwester geträumt hatte? Er nahm ihre Vorhersagen ernst, aber er konnte nicht auch noch ihren Träumen Gehör schenken. „Man erwartet mich", antwortete er streng. Aber Mirjam gab nicht auf. „Morgen früh wird Moses kommen, und ich werde nicht wissen, was es mit dem silbernen Stab auf sich hat. Es ist Vollmond im Peret. Die Zeit der Nilschwemme ist vorbei. Kommt er, muss ich ihm ein Zeichen geben. Du weißt, er allein kann uns hinüber ins gelobte Land der Freiheit führen. Übers große Wasser werden wir mit ihm ziehen können. Gehe heute nicht aus." Überzeugungskraft lag in ihrer Stimme. Nun nahm Aaron ihre Warnungen über ein Unheil in Aperu ernst. Er ergriff seine Schwester am Arm:

„Komm. Wir wollen uns hinaus unter den Akazienbaum setzen. Ich werde dir dort das Geheimnis des Stabes offenbaren." Mit einer Öllampe in der Hand folgte Mirjam Aaron. Die Sterne standen schon am Himmel und die Grillen zirpten ihre Weise, als Aaron mit seinen Ausführungen begann:

„Mirjam, ich habe heimlich die Priester unserer Herrscher beobachtet. Sie wenden Magie an, um das Volk zu verblüffen. Moses aber meidet das priesterliche Erziehungshaus, er kennt solche Dinge nicht. Moses interessiere sich für den Kampf und das Abenteuer, habe ich die Priester ein wenig verächtlich über ihn reden gehört.

Ich hingegen konnte die Gelehrten des Amun mit meiner Wissbegier beeindrucken. Sie lobten meine Auffassungsgabe, und so kam es, dass ich an den geheimen Sitzungen des Magieunterrichts teilnehmen durfte. Einmal, der Unterricht war längst vorbei, stand ich still hinter der Statue des Horus verborgen und beobachtete die Priester. Sie brachten silberne Stäbe, auf denen das schreckliche Gesicht der Totenfresserin Amit abgebildet war. In den Stäben befinde sich ein aus fernen Landen kommendes Quecksilber, hörte ich sie sagen. Mirjam, wenn diese Stäbe brechen, fließt es heraus, und das wirkt, als würde der Mond sich verflüssigen.

„Wie will unser kleiner Bruder an einen solchen magischen Stab gelangen?", fragte Mirjam.

„Moses ist ein Prinz. Die Priester achten alle Mitglieder des Königlichen Hauses, nicht aus angeborenem Respekt, sondern aus Eigennutz. Der Pharao gewährt ihnen Freiheit für ihre Kulte, unterstützt sie, lässt dazu die Priester ihre Einkünfte selbst verwalten. Ihr Vermögen soll erheblich sein. Sie sind mächtig. Jedenfalls zurück zu unserer Sache: Moses wird den geforderten Stab von den Priestern bekommen. Und dann wird ein Zaubertrick, ausgeführt von einer ungewöhnlichen jungen Frau wie dir, ihn fesseln." Mirjam dachte nach und fragte:

„Müssen wir magische Spiele anwenden?" Sie lehnte sich an ihren Bruder. Aaron war schlank, hochgewachsen und hatte ein außergewöhnliches Gesicht: scharf, mit einer hohen Stirn und einer leicht gebogenen feinen

Nase. Die langgezogenen Augen verliehen ihm ein mystisches Aussehen und zeigten seinen auf das Spirituelle ausgerichteten Geist.

„Ja, Männer werden davon fasziniert. Ich möchte, dass du Moses beeindruckst“, fuhr er fort. „Wenn Moses vor dir steht und dir diese eigenartig filigrane silberne Säule in die Hand gibt, wenn du sie hinwirfst, dabei in die Höhe springst, dich zu drehen und zu tanzen beginnst, wird Moses auf dich schauen. In diesem Moment lasse ich eine Schlange aus meinem Sack unter dem Umhang heraus. Durch den Aufprall des Stabes wird eine unsichtbare Menge des Quecksilbers ausfließen. Die Schlange wird dadurch aufgeregt zischen, aber euch nicht bedrängen. Das habe ich im Erziehungshaus beobachtet. Jedenfalls trittst du zu Moses hin und schmiegst dich an ihn und flüsterst in sein Ohr:

„Ein Mann muss seinen Stab bezähmen, dann kann er über Wasser gehen.“ Dabei greifst du zärtlich zwischen seine Beine.“

Mirjam lächelte Aaron schüchtern an und sagte nur: „Ja, so, nein!“

Sie blickten beide zu den Sternen auf und schwiegen.

„Moses muss erst noch erwachsen werden, er sucht jetzt jede Herausforderung“, erklärte Aaron.

„Und wann sagen wir ihm, dass wir seine Geschwister sind?“

„Beim übernächsten Treffen. Er kommt wieder.“

„Ja, aber es wird dann ein paar Jahre dauern“, fügte sie mit ihrer voraussehenden Art hinzu.

Als der Duft der Nachtkerzen sich verbreitete, gingen die beiden ins Haus zurück. Noch bevor sie schlafen konnten, klopfte ein aufgebrachter Leviter an die Tür. Amram öffnete. Alle Mitglieder aus seiner Familie hörten erschrocken zu:

„In Aperu wurden alle der 12 versammelten Leviter auf grausame Weise getötet. Man hat sie entmannt, und sie sind auf der Flucht zurück in die Siedlung verblutet."
Mirjam hielt sich das Tuch vors Gesicht und weinte. Sie hatte es gewusst: Herrschen bedeutet Gewalt. Und dieser Gewalt wollte sie dringend entkommen und auch ihr Volk schützen. Aaron war wütend. Er schwor sich, die Stammesbrüder aus Ägypten herauszuführen. Dafür war jeder Preis gerecht, auch die Anwendung von Zauberei. Er glaubte, dass bald ein Wunder geschehen würde. Hatte nicht Mirjam ihm mit ihrer Voraussicht gerade das Leben gerettet? Sie würde noch zu ganz anderen Dingen fähig sein.

Unberührt

vom Geschehen auf der Welt bestrahlte der Mond den eilig herbeireitenden Moses. Einem Herrscher gleich, hielt der junge Reiter den silbernen Stab sorgfältig in der Hand. Wie ein Zepter ragte er in die Höhe. Sobald er Mirjam, seiner Heldin, in ihrem kleinen Haus gegenüber stand und ihr den Stab darbot, dachte Mirjam:

„Grässlich, ein verfluchtes Ding", packte ihn sogleich und warf ihn mit Wucht auf den Boden. Im gleichen

Moment begann sie zu tanzen. Moses sah sie an. Da hatte sich der Stab in eine Schlange verwandelt.

„D...du bist eine Zauberin", flüsterte Moses, bewundernd, ehrfürchtig. Mirjam hatte auf einmal das Gefühl, dass Moses schon ein Mann war. Sie schmiegte sich, als würde sie Schutz suchen, an seinen Körper und blickte ihn aufmerksam an. Ihre ungewöhnlichen Augen faszinierten ihn. Als würde der rechte Augapfel sprechen: Trete ein durch mein Tor, während der linke zu sagen schien, flieh und suche das Weite. Ein Schauer lief ihm über den Rücken, als sie ihn unerwartet an einer empfindsamen Stelle berührte. Er spürte das schreckliche Aufflammen eines Menschen in der Reifezeit auf der Stufe zur Mannwerdung und stürmte sogleich aufgeregt durch die Haustüre nach draußen. Fort, dachte er. Es geht nicht mit rechten Dingen zu bei Mirjam. Er hatte sich nicht in der Hand. Er zitterte und schwitzte. Wie nahe doch Unheimliches und Triebhaftes beieinander lagen. Als würden Zerstörung und erwachende Liebe zusammengehören.

Aufgewühlt bog Moses in die Gasse ein, an deren Ende er sein Pferd angebunden hatte. Dort sah er, wie ein Wächter des Königspalasts mit einer Peitsche brutal auf einen Hebräer einschlug. Ein zweiter schaute zu und lachte. Er sah den hilflosen Mann stumm am Boden liegen. Ein erneuter Hieb ließ einen blutigen Streifen über der Stirn zurück.

„Ihr verdient es, ihr Natterngezücht", rief der Wächter. Moses, von der Begegnung mit Mirjam noch völlig verwirrt, schrie:

„Hör auf!“

Der ägyptische Wächter beachtete ihn nicht. Seine Rage war groß, er prügelte weiter und fluchte:

„Du elender Heiler aus dem Hexenvolk, du Aufrührer, das bekommst du, wenn du einem Ägypter vor die Füße trittst“, und wieder schlug er zu. Der Mann am Boden schien dem Tode nah.

„Was hat er dir getan, du elender Ägypter?“, schrie Moses aufgebracht, selbst erschrocken, dass er einen Mann aus seiner eigenen Leibwache als Ägypter beschimpfte. Der Wächter hielt inne und starrte fassungslos auf Prinz Moses.

„Er störte meinen Weg, und mein König hat mich beauftragt, die Siedlung dieser Sklaven zu bewachen. Ich strafe diese Wilden, bevor sie ausbrechen.“

Mit erneuter Wut holte er aus, hielt aber inne, starrte Moses an und sagte jenen Satz, der das Leben des Prinzen aus der Bahn werfen würde:

„Ich gehorche nicht den Bastarden meines Pharaos. Was machst du hier, du Findling? Dich haben sie aus dem Wasser gezogen, du bist doch gar kein Prinz!“ Dann schlug er von neuem auf das Opfer ein. Es war Nuth, der Medizinmann der Leviter. Ohne zu überlegen riss Moses dem Wächter die Peitsche aus der Hand und traf damit mehrmals dessen Rücken. Seine jugendliche Leidenschaft hatte die Kontrolle übernommen. Der Wächter fiel zu Boden und schlug mit dem Kopf auf. Als er sich nicht mehr rührte, rief der andere Wächter völlig erschrocken:

„Wer bist du, um das zu tun?“ Dann rannte er fort. Moses blickte wie betäubt auf das Geschehen. Nuth, der Hebräer, lebte. Der Wächter, ein Ägypter, atmete nicht mehr. **Moses vergrub den Toten im Sand** (2. Moses 2.12) und dabei starb ein Teil von ihm. Es war, als würde er seine innere Hoffnung auf ein friedliches Leben begraben. Er fürchtete sich. Dann machte er sich auf zu seinem Pferd und ritt schleunigst davon. „Es war Mord“, stöhnte er wieder und wieder, „Ich kann nie mehr an den Königshof zurückkehren.“ Aufgelöst erreichte er das Haus seines besten Freundes, dem Sohn von Bint-Ananths Schwester, vor den Toren der Stadt. Er sei von der geheimen Leibwache des Verrats angeklagt, sie würden zwar über die Vorgänge schweigen, aber er müsse fort. Das erfuhr er am späten Abend von einem Getreuen aus den Pferdeställen. Noch in derselben Nacht entkam er mit einer Karawane in die Wüste. Sein Leben war außer Kontrolle geraten. Und er schämte sich, denn weder wusste er, von wo diese jähe Kraft, die ihn so zuschlagen ließ, gekommen war, noch wusste er, wer er selbst war.

Untröstlich

lag Bint-Ananth auf ihrem Lager, als Mirjam gemeldet wurde. Sie war sich nicht sicher, ob sie dieses wilde Wüstenmädchen empfangen sollte. Doch dann siegte ihre Neugier. Vielleicht wusste sie etwas über Moses. Seit Monaten war er verschollen. Sie trauerte unablässig über den Verlust ihres Sohnes.

„Lasst sie ein", sagte sie zu ihrer Sklavin.

Leichtfüßig betrat Mirjam in einem weißen Leinengewand, das mit einem roten Gürtel zusammengehalten wurde, das Gemach. Sie war einnehmend schön mit ihrem langen schwarzen Haar, welches ihr bis zur Hüfte fiel. Bint-Ananth konnte eine Ähnlichkeit in Mirjams Gesichtszügen zu denen von Moses erkennen. Sie befahl Mirjam, sich zu setzen. Mirjam ließ sich auf dem Teppich nieder und betrachtete stumm die prunkvolle Prinzessin. Sie war kaum gealtert, wirkte frisch, wie einst, als sie Moses aus dem Bastkörbchen aufgenommen hatte. Auch Bint-Ananth wartete. Da begann Mirjam zu singen:

„Folg mir und sing tanzend im Reigen: Adonai hat eine herrliche Tat getan. Er hat ihn in die Wüste geführt und wird mit dem Auserwählten sprechen. Wach auf, meine Schöne, wenn das große Geheimnis durch unseren Sohn und Bruder zu uns spricht von duftenden Rosen und paradiesischen Gärten. Wach auf, königliche Frau. Moses ist unser Anführer. Wir folgen ihm in die Heimat, in unser Herz."

Bint-Ananth war von Mirjams Stimme und ihrer Grazie angetan. Sie ließ Datteln und Süßspeisen aus Sesam servieren. Dann bat sie Mirjam zu erzählen, was sie von Moses wusste.

„Einst ist mir ein Engel erschienen. Ich war ein kleines Mädchen, als mir seine geheimnisvolle Stimme verkündigte: Ein Bruder wird kommen und euch fortführen. Heute weiß ich, was es bedeutet. Er meinte nicht nur von einem Ort zum anderen, sondern auch von der Täuschung zur Wirklichkeit. Damals spielte ich im Sand am Ufer des Nil und warf kleine Steine ins Wasser. Als die untergehende Sonne mich beim Aufschauen blendete, erblickte ich in einer feuerroten Spirale eine Gestalt vor mir, mit einem Knaben an der Hand. Mit der anderen Hand hielt sie gelassen ein Schwert zum Boden geneigt. Ihre Stimme klang so vertraut, als würde ich mich selbst sprechen hören: ‚Mirjam, ihr beide werdet zusammen euren Stamm in die Freiheit führen.' Der Junge hatte Haare wie geschlagenes Kupfer, so wie es im Sonnenlicht leuchtet, wenn die Frauen es gereinigt und frisch poliert hatten. Aufgeregt erzählte ich Mutter damals, dass ich ein Brüderchen bekomme. Seitdem sagen die Leute von meinem Stamm, ich sei hellsichtig. Es bedeutet mir nichts, so angesehen zu werden. Doch weiß ich gewiss, dass Großes mit Moses geschehen wird. Du und auch ich, wir lieben ihn. ‚Die Leviter planen eine Revolte, und ein Mädchen hetzt sie mit Gesängen auf', schrie euer Armeebefehlshaber kürzlich. Seitdem bewachen die Soldaten uns auf gnadenlose Art und behandeln uns wie Tiere."

Bint-Ananth war von Mirjams Bericht gerührt. Die noble Frau fühlte, dass sie eine wichtige Rolle im Leben eines auserwählten Mannes gespielt hatte. Sie spürte eine Zuneigung zu Mirjam erwachen und antwortete:

„Ich verstehe das nicht. Ich habe den Pharao sagen gehört: Ein Mädchen kann nichts ausrichten. Weiber können höchstens tanzen und singen, doch keine Revolte planen."

„Aber Ausgangssperren sind für hebräische Frauen verhängt. Ich musste eine List ersinnen, dich, Prinzessin, aufzusuchen. Einmal im Jahr dürfen Leviterinnen zwar am Hof tanzen, sonst aber ist unser Leben eingeschränkt. Außerdem wurde dem Pharao, deinem Vater, von seinen Priestern prophezeit, dass seine Macht an einem Hebräer zerbrechen würde, der im Geburtsjahr von Moses zur Welt käme. Er rief damals: **‚Söhne, die geboren werden, werfet ins Wasser, und alle Töchter lasset leben.'** (2. Moses 1.22) Uns blieb nichts anderes übrig, als Moses in einem Körbchen in den Fluss zu legen. Ich hoffte, dass mein verlassenes, in den Wellen des Nil schaukelndes, neugeborenes Brüderchen bald von einer Frau wie dir gefunden würde. Mutter hatte mit erstickter Stimme geklagt: Unsere Ahnen sind als Nomaden durch Wüsten gezogen, haben keinem Herrscher gedient, einzig die Suche nach Wasser trieb sie vorwärts. Als sie den Säugling forttreiben sah, jammerte sie: Du kamst aus dem Wasser und gehst wieder ins Wasser. Ich habe sie damals mit meiner kindlichen Zuversicht getröstet und gesagt: Moses geht nicht unter. Er wird einmal sogar durchs Meer laufen und uns alle retten. Wir hielten uns umarmt und blickten ihm nach, wie er forttrieb. Ich verfolgte das Körbchen vom Ufer aus, als Mutter schon fortgelaufen war. Da sah ich dich, Prinzessin, wie du Moses auf den Arm nahmst. Seit dem liebe ich dich." Mirjam schwieg, und auch Bint-Ananth war still. Sie hatte Tränen in den Augen. Leise sang Mirjam. Bint-Ananth, ohne die Worte zu verstehen, gab sich der Melodie hin und wurde auf wundersame Weise vom Gram um ihren verschollenen Sohn befreit. Vertrauen in eine große Bestimmung, die ihrem geliebten

Findling auferlegt war, überkam sie. Zuversichtlich blickte sie in die Augen der Prophetin. Das eine sah wohlwollend und glücklich in die Welt, während das andere scharf beobachtete.

„Höhere Mächte haben ihn mir geschenkt. Niemand wagt Moses' Stellung anzugreifen. Er wurde als gottgezeugter Prinz bevorzugt. Das Ereignis seiner Unbeherrschtheit wird vergessen werden." Bint-Ananth rief eine Sklavin herbei und flüsterte ihr ins Ohr. Die junge Frau entfernte sich und kam mit einem Geschenk für Mirjam zurück. Es war ein kleiner goldener Stier.

„Trag ihn um den Hals, er wird dich vor der Magie des Mondes schützen." Nach einem Schweigen, das Mirjam mit Ehrbezeugungen und Verbeugungen füllte, fragte die Prinzessin:

„Wann, glaubst du, wird er zurückkommen?"

„In fünf Jahren", antworte Mirjam ohne Zögern.

Tatkräftig

unterstütze Moses jeden Abend die Männer beim Abladen der Waren von den Kamelen. Sie mochten sein einnehmendes Wesen, und niemand fragte, warum ein so feiner, am Hof aufgewachsener Mann, sich ihnen angeschlossen hatte.

„Er ist auf Abenteuersuche", sagte der Anführer der Karawane. Das erschien ihm bei einem Jugendlichen nur natürlich und richtig. Mit seinem ebenmäßigen Gesicht, der kerzengeraden Nase, den schimmernden, schwarzen Augen und dem kupfern aufleuchtenden dunklen Haar, als wäre es mit Henna gefärbt, gewann er die Freundschaft der Händler. Sie waren mit Gewürzen und bronzenen Töpfen unterwegs in den Sinai. Weil aber Moses ein Hitzkopf war, legte er sich eines Nachmittags – sie standen auf einer Anhöhe und blickten schon hinunter in den zerklüfteten Sinai – mit einem Mann an, der auf sein Kamel einschlug, das nicht mehr weitergehen wollte. Es kam zu einer Rauferei, die unentschieden ausging. Moses verließ sofort und ohne ein Wort des Abschieds die Karawane und ritt allein gen Osten weiter. Doch bald schon hatte er das Gefühl, im Kreis herumzureiten.

„Ich habe getötet", sagte er zu seinem Pferd, und ein anderes Mal zu sich selbst: „Ich bin gottlos, ich weiß nicht, was Gott ist. Ich kenne jene Macht nicht." Wehmütig dachte er an Mirjam. Sie sang von einem göttlichen Auge, in das sie blickte. Ob er sie je wiedersehen würde? Seine Vorräte waren verbraucht und nur durch großes Glück fand er gelegentlich ein Rinnsal oder eine kleine Quelle. Als sein Pferd ihn nicht mehr tragen konnte, führte er das matte Tier am Zaumzeug, bis er selbst erschöpft und halb verdurstet im Staub lag. **Da öffnete Gott ihm die Augen, und er sah vor sich einen Brunnen.** (1. Moses 21.19) Er erhob sich und zerrte sein Pferd dorthin und schöpfte mit seiner Kelle, die er von einem freundlichen Mann beim nächtlichen Gespräch in einer Karawanserei erhalten hatte und die er seitdem am Gürtel trug. Er ließ sein Pferd von dem klaren Wasser zuerst trinken. Noch ehe er selbst seine

Lippen netzen konnte, hörte er liebliche Stimmen. Sieben engelhafte Jungfrauen erschienen. Er wusste nicht, ob seine Wahrnehmung ihm einen Streich spielte, jedenfalls schöpfte er aus dem Loch wiederholt mit seiner Kelle – die er wie ein Kleinod gehegt hatte, ohne zu wissen, dass sie ihm einmal wertvolle Dienste erweisen würde – und reichte sie den reizenden Gestalten. Während diese lachend die Kelle unter sich weitergaben, fragte er kraftlos:

„W...wer seid ihr und w...woher kommt ihr?" Dann sank er in sich zusammen. Zipora, die älteste der wundersamen Wesen, flößte ihm einige Tropfen Wasser ein und sagte:

„Fremder, wir sind aus Midian. Wir sind deine Retterinnen." Dabei kicherten sie über den Stotterer. Zugleich hatten sie Mitleid und brachten den Verwirrten zu ihrem Vater Jethro. Der weise Priester und Anführer der Keniter befahl seinen Leuten, dem taumelnden Fremden ein Lager zu bereiten. Er selbst brachte ihm Dattelmus. Nachdem Moses gierig und stumm gegessen hatte, fragte Jethro:

„Woher kommst du? Wer bist du und wie heißt du?" Moses antwortete:

„Ich w...weiß nicht, wo ich herkomme, ich wurde einst im Wasser gefunden, ich bin jetzt, w...weil es Brunnen gibt und h...heiße vom ewigen Leben gezeugt: Thut-a-mosis, oder Kind Gottes. Ich bin böse, denn ich habe getötet, und ich bin gut, denn ich habe gerettet. Also, wer bin ich?"

„Du bist, der du bist", antwortete Jethro, der den hebräischen Dialekt des Moses mehr schlecht als recht verstand. Er kommt aus dem Ägypterland, sagte er sich, scheint aber kein wirklicher Ägypter zu sein. Das Hebräische ist aber nicht seine Muttersprache. Beeindruckt von Moses Worten redete er laut beim Auf-und-Abgehen, so wie es sich für einen Stammesfürsten geziemte:

„Ich bin, der ich bin, das heißt bei uns Ye-ho-va ya-we, es ist Haschem, der Namen, unser Heiligstes. Wir fragen nicht, was das ist, noch fragen wir, wer wir sind. Denn die Hauptsache ist, dass wir sind." Dann wandte er sich abrupt an Moses und sagte:

„Du bist, der du bist, und weil du nun hier bist, zählt das allein. Aber als Fremder wirst du in der Wüste sterben ohne uns. Also höre, du, der aus dem Wasser kam, den meine Töchter auf merkwürdige Weise an einem Brunnen vorfanden. Bleib bei uns und nimm die älteste meiner sieben Schönen, wenn sie reif ist, zu deiner Frau. Sie heißt Zipora. Noch ist sie eine Knospe, aber wenn sie sich dem richtigen Mann öffnet, wird sie eine kostbare Blüte sein. Dich, Fremder, habe ich in meinen Träumen gesehen. Du bist der Verirrte, den uns das Orakel ankündigte. Ich zweifle nicht."

Moses war beeindruckt von Jethro. Er erschien ihm als der gütige Vater, den er gern gehabt hätte. So blieb er in der herrlichen Oase. Die Dattelpalmen waren reich beladen mit Früchten. Er fand den Stamm der Keniter, das seinen Stammesfürsten Jethro als Priester verehrte, ein friedliches Volk. Fortan hütete Moses die Schafe des

Jethro und hörte gern das glockenreine Lachen der jungen, hellhäutigen Zipora. Einmal, es war schon Abend, als sie ihn, der selbstvergessen in der Weide inmitten seines Viehs saß, zum Essen abholte, glänzten ihre Haare wie Sonnenstrahlen und sie selbst leuchtete wie ein Engel. Er spürte ein nie zuvor gekanntes Glück, als er sie in seine Arme schloss. Und obwohl er mit ihr eng zusammenkam, war er nicht bereit, die Liebliche zum Weib zu nehmen.

„Ich bin nicht, der ich bin. Daher kann dieses Ich sich zu nichts verpflichten", sagte Moses zu Jethro. Der erwiderte: „Warten wir ab", und lächelte weise. Jethro trug langes schwarzes Haar, war hochgewachsen und sein glatter Bart reichte ihm bis zum Bauch. Wenn er ausritt, verflocht er die Haare des Bartes und des Kopfes miteinander. Er hatte ein schlaues Lächeln und unternehmungslustige Augen. Da er nur in seiner Oase lebte und die Welt außerhalb nicht kannte, war sein Geist konzentriert und fähig, die Gedanken anderer zu durchleuchten.

Viele Jahre vergingen. Moses lebte friedlich im Reich von Jethro. Tagsüber hütete er die Schafe und Ziegen und freute sich auf die Nächte mit der lieblichen Zipora. Eines Nachts hatte sie sich ihm hingegeben und gebar ihm neun Monate später einen Sohn, und dann noch einen zweiten, ohne dass er sie geheiratet hatte.

„Ich bin, d...der ... ich bin", wurde zu seinem Abendgebet. Jethro aber hatte in Moses längst einen Propheten erkannt. Er konnte die Zeichen deuten.

„Jenes Namenlose wird bald durch ihn zu uns sprechen“, sagte er dem Ältestenrat. Und so hatte Moses die Freiheit, zu tun und zu lassen, was und wie es ihm beliebte. Die Keniter lächelten ihn ergeben an, auch wenn er ihre Sitten und Gebräuche nicht einhielt.

Lichterloh

brannte ein alleinstehender Busch. Moses betrachtete auf seinen Hirtenstab gelehnt das Feuer am Ende des fruchtbaren Tals. Es flackerte dort, wo die Wüste anfing. Er sprach zu sich:

„Was brennt dort so lange?“ Moses hatte von Jethro gelernt, sich dem Geschehen hinzugeben und zu warten. Unentwegt starrte er an jenem Mittag zum Feuer hinüber. Er wunderte sich, dass dieser Busch nicht verbrannte. Wild loderten die Flammen hinauf zum Himmel. Da war etwas Merkwürdiges. Seine Neugierde trieb ihn schließlich zum Ort des Geschehens am äußersten Rand des Tals. Als er in die Nähe des brennenden Busches kam, wurde er von dessen Helligkeit so gebannt, dass er in einen Zustand verfiel, der seine Sinne betäubte:

„Es ist nicht sein Licht, nicht, was ich sehe, eher ist da eine unsichtbare Kraft, die in diesem Feuer ist und es nicht erlöschen lässt“, murmelte er. Überraschend klar vernahm er eine Stimme:

„Moses, der Ort, auf dem du stehst, ist ein heiliges Land. (Moses 3.5) Führe das Volk der Leviter hinweg aus der Knechtschaft, hinweg aus dem Frondienst, den sie in den Steinbrüchen des Pharao zollen müssen, auf dass er für seine Götzen damit Tempel baue, führe sie aus der Bildgewalt hinaus in die Freiheit. Sie sind auserwählt, mit dem einen Heiligen Geist verbunden zu sein. Führe sie aus der Welt der Dinge in mein Reich. Hier an dieser Stelle sollen sich die Hebräerstämme vereinigen. Lass von dir selbst los, Moses, und erfasse mich: ich bin die Essenz des Feuers, die Luft, die den Rauch fortträgt, ein ätherischer Klang aus Glut. Doch bin ich auch im Wasser der Wüste und im Brot des Bodens. Dein Seher bin ich, der dich sehen lässt und dir den Weg weist. Suche den Stamm Iokabeths auf, ihr werdet ein neues Reich aufbauen, dessen ungekrönter König du sein wirst. Überall in den zahlreichen Wadis inmitten der Dünen werde ich euch die Augen öffnen, auf dass ihr mich im Wasser finden werdet. Denn ich bin." Und dann, nach einer Stille, hörte Moses seine innere Stimme sagen: „Ich bin in dir." Dann nahm er eine Erscheinung wahr. Im rotgoldenen Feuer, in dem der Busch eine glühende Spirale bildete, die auf einmal Schwingen aus roten Flammen trug, stand eine Frau. Zwei dunkelrote Strahlen schossen nach beiden Seiten. Sie kamen aus ihrem rotglühenden Herzen. Die Feuerflügel schienen die unheimliche Frau zu schützen. Flügel aus Licht, die über ihre beiden Schultern einen Bogen spannten und sich über ihrer Hüfte zusammenfügten. Als würde ein großes Feuerherz ihren Rücken tragen. „Ist das unser wahrer Gott, und ist er ein Weib?", fragte sich Moses. Die Erscheinung war ihm seltsam vertraut, sie beruhigte ihn tief, anstatt ihn aufzuwühlen. Zuversicht, solche, die er als Kind besessen hatte, weckte seinen Glauben. Und diesen Glauben hatte er in den unterschiedlichen Augen Mirjams, der anmutigen Prophetin der Leviter, bei ihrem ersten Zusammentreffen erblickt. „Sie hat dies prophezeit, sie weiß es die ganze Zeit schon. Meine Schwester Mirjam“, flüsterte er. Eine Anziehung lockte ihn ins Feuer, während das Auge Mirjams, das ihm erschien, Einhalt gebot.

„Stürz dich nicht ins Feuer deiner inneren Schönheit, schlaf nicht ein, lass uns in die Freiheit ziehen, lass uns selbstvergessen hinaus wandeln“, hörte er sie singen.

„Ich komme, denn ich bin“, rief Moses in die weite Wüste. Kein Mensch hörte ihn.

Einem Betrunkenen gleich kam er frühzeitig zurück in Jethros Haus und sprach:

„Ich muss umgehend fort. Doch kehre ich wieder und bringe ein ganzes Volk mit mir.“ Zipora dachte, er sei verrückt geworden. Ohne sich zu verabschieden, stieg er auf sein Pferd und ritt davon. Jethro sandte dem Forthastenden einen Keniter, der Kenntnisse über Wüstenwege besaß, auf einem schnellen Pferd mit Nahrung und Wasser hinterher. Er beauftragte ihn, Moses bis zur ägyptischen Grenze zu begleiten. In der Weite der Wüste durfte das große Geheimnis sich nicht verlieren. Gott wollte, dass Moses ihm gehorchte. Und obwohl dieser nicht wusste, wie er rasch durch die öde Wirrnis der Wüste ins Ägypterland zurückfinden würde, vertraute er blindlings einer Stimme, die ständig „vorwärts“ sagte, und ritt, ritt so gut er konnte vorwärts. Im Zweifel, wohin er sich wenden sollte, machte er die Erinnerung an die Wärme des Feuerherzens zu seiner Wegweiserin, und sie gab ihm die Zuversicht. „Ich stand von Angesicht zu Angesicht dem Geheimnis der Leviter und der Keniter gegenüber. Ich, Moses, der Verirrte, der Unwirkliche, der Ausgestoßene, werde bald, weil ich nicht weiß, wer ich bin, erfahren, wer du, oh großes Wunder, bist." Moses vernahm seine Stimme im Raunen der Wüste. Er war sich so sicher wie nie zuvor. Trotzdem war es hilfreich, das Jethros Segen auf ihm lag. Dessen Bote holte ihn bald schon ein. Er hatte reichlich Nahrung und einen irdischen Plan, auf dem Wüstenwege, Schluchten und Gefahren aufgezeichnet waren, bei sich.

Aufopfernd,

ohne an Essen oder Schlafen zu denken, saß Mirjam bei dem schwerverwundeten Nuth. Sie sang leise:

„*Erwach, Schläfer, seine Herrlichkeit zu sehen.*" Doch Nuth blieb ohnmächtig liegen. Sie bestrich seine Wunden mit Salben. Iokabeth flüsterte:

„Wir haben Moses verloren, jetzt darf Nuth nicht von uns gehen. Er ist als Heiler die Seele der Leviter. Er darf uns nicht allein zurücklassen." Mirjam hielt Nuths Hand und verharrte regungslos. Sie wich auch nachts nicht von seiner Seite.

Ihre Augen liebkosten sein Gesicht. Wann sie begonnen hatte Nuth zu lieben, wusste sie nicht mehr. Mal hatte sie ihn bewundernd angesehen, weil er ohne Eltern aufgewachsen war – sie waren im Steinbruch verschüttet worden, als Nuth noch keine drei Jahre alt war –, mal hatte sie, als er später seinen einzigen Bruder durch die Hand der Ägypter bei dem Gemetzel im Tempel zu Aperu verlor – bei der Katastrophe, vor der sie ihren eigenen Bruder Aaron noch hatte warnen können –, tiefes Mitleid ergriffen.

„Ich bringe dich hier weg, hinüber ins gelobte Land. Dort werden wir glücklich sein. Stirb nicht, geh nicht ohne mich“, flehte sie leise. Dann wieder sang sie monoton:

„*Ich führ dich ans Licht, vergiss mich nicht.*“ Eines Nachts lag sie vor Nuths Lager auf dem Boden und starrte in die brennende Fackel. Sie brennt ohne Unterlass, dachte Mirjam. Sie gibt nicht auf, sie zehrt unermüdlich von einer Substanz, und doch … welche Kraft nährt mich? Ihre junge zierliche Gestalt schien die Stärke einer alten ausgedorrten Korkeiche zu haben. Unverwüstlich war ihr Vertrauen. Da hörte sie eine Stimme aus der Flamme reden:

„Mein Licht wirft Schatten. Hell und Dunkel gehören zusammen wie Leben und Tod. Jeder steige hinab ins Dunkel seines Selbst, um dann das Licht der Ewigkeit zu erkennen.“

„Wer spricht mit einer Stimme, die wie meine eigene klingt?“, fragte sich Mirjam und erhob sich verwirrt. War es die Wahrheitsgöttin mit den vier Flügeln, die die Ägypter anbeteten, oder sprach jenes Geheimnis mit ihr, sprach Haschem?

„Missbrauche meinen Namen nicht. Wer ihn missbraucht, wird gestraft werden“ (2. Moses 20.7), sagte die Stimme und fragte:

„Wie kannst du zweifeln an mir? Ich bin, der ich bin. Yehova yawe!“

Mirjam warf sich nieder vor dem Licht der Fackel und rief:

„Ich vertraue! Vertraue in unseren einzigartigen Weg!“

In diesem Moment erhob sich Nuth, als wäre er vollkommen genesen. Er sah die zarte Frau vor sich auf dem Boden beten. Er sah ein Licht aus ihr strömen, das ihn mit Glauben erfüllte, und seine Liebe für Mirjam begann zu wachsen.

Die Tage darauf wurden zum Fest. Nuth gewann stündlich an Lebensmut. Mirjam verließ ihn nicht mehr. Als sie sich einander hingaben, brannte eine Leidenschaft in beiden, die nicht aufhörte zu flammen. Sie spürten Unvergänglichkeit in ihrer lodernden Liebe zueinander. Nach einem Jahr gebar sie Nuth eine Tochter.

Der stille Nuth mit dem ausdrucksvollen Gesicht, den wehmütigen Augen, der geraden feinen Nase, dem langen Bart, den er zärtlich strich, wenn er nachdachte und dabei den Blick nach innen kehrte, war längst mit der prophetischen Gabe Mirjams verbunden. Und Mirjams Anmut gewann, denn sie war nun gepaart mit der Kraft ihrer Liebe. Sie lernte von ihm, dass man auch seine Feinde heilen musste.

Die beiden ungewöhnlichen Menschen waren von einem gemeinsamen inneren Auftrag beseelt. Freiheit war ihr Bestreben, nicht nur ihre eigene, sondern auch die für ihr Volk. Die Leviter hatten Ehrfurcht vor Mirjams Prophezeiungen und suchten bei ihren Gebrechen und Sorgen Nuth als Ratgeber auf. Sie wagten es nicht, zu fragen, wann sich denn eine Hochzeit anbahne, obwohl sie eine solche gern gesehen hätten. Iokabeth wachte immer dann über ihr Enkelkind, wenn dessen Eltern tagelang in spirituellen Versenkungen weilten. Mirjam lernte von Nuth, wie man seinen Atem verlängern konnte und wie man dadurch leicht wurde. „Leicht genug, Nuth, um über das Wasser zu gehen?“, rief Mirjam eines Tages spöttisch und drehte sich verführerisch vor ihm. Doch waren ihre Übungen Versuche, herauszufinden, wie man einmal einen Arm des Meeres mit einem ganzen Volk durchlaufen könnte.

„Erwachet, ihr Schläfer, lasst uns durch die Sümpfe ziehen und übers Wasser gehen, wir wollen ihm, dem großen Geheimnis, folgen. Er ist auch eine raunende Brise, und wir folgen ihr bald!“ Beseelt schlenderte Mirjam durch die Gassen der Hebräersiedlung.

Nuth, der bislang geglaubt hatte, ein Wunder hätte ihn damals vor den prügelnden Händen eines Ägypters errettet, sah eines Nachts im Traum Moses, den er nur aus den Erzählungen Mirjams kannte, vor sich stehen und rief: „Das Wunder, der Prinz!“ Mirjam erwachte und ließ sich seinen Traum genau beschreiben.

„Ein Junge mit kupferfarben aufleuchtendem Haar, ein ägyptischer Prinz rettet mir das Leben. Er schlägt meine Peiniger in die Flucht.“

„Das war Moses“, flüsterte Mirjam schlaftrunken. „Warum ein Ägypter mich vor einem anderen Ägypter rettete, verstand ich damals nicht.“

„Nuth, Aaron und ich haben es geahnt und uns zusammengereimt, dass Moses, der so plötzlich verschwunden war, den ägyptischen Wächter getötet hatte, um dich zu schützen. Sicher waren wir uns allerdings bisher nie. Doch jetzt ist es klar. Im Palast hatten alle über Moses Verschwinden geschwiegen. Es war zwar gemunkelt worden, Moses solle einen ägyptischen Wächter erschlagen haben, aber es war mehr ein Gerücht, das Aaron auch unter den Levitern verbreitet hatte. Nun gibst du diesem Gerücht Gewissheit.“

„Ich habe nie wahrhaben wollen, dass meinetwegen ein edler Prinz zum Mörder geworden ist. Mein Herz schmerzt genug, seit des Bruders Tod“, sagte Nuth traurig. Mirjam spürte ein Brennen in ihrer Brust.

„Moses“, sagte sie, „Moses ist mein Halbbruder, deshalb hat er dich gerettet! Er ist uns Levitern verbunden. Er spürt die Blutsverwandtschaft, obwohl sie ihn verwirrt. Noch haben wir ihm seine Herkunft nicht offenbart. Er wird zum richtigen Zeitpunkt zurückkommen und uns anführen. Durchs Wasser werden wir fliehen. Moses ist Sohn von Mutter Iokabeth. Er ist halb Ägypter und halb Hebräer und er wird sich auf seinen Wanderungen selbst finden. Wenn er weiß, wer er ist, wird er ein neues Reich gründen. Alles ist vorbestimmt. Alles wird so geschehen, wie es muss“, erklärte Mirjam dem staunenden Nuth. Als Aaron, Amram und Iokabeth von Nuths

Traum hörten, wurden sie in ihren Vermutungen über die Flucht von Moses bestärkt.

Es geschah im Monat der Ernte. Viel Zeit war verstrichen. Nuth und Mirjam hatten den ganzen Tag über Kräuter gesammelt und wollten sie gerade auf einem Felsen außerhalb der Siedlung trocknen. Es waren Kräuter, die jeden, der sie einnahm, leicht und schnell laufen ließen. Sie legten diese Medizinpflanzen sorgfältig aus, als ein Fremder des Wegs kam. Der Wanderer blieb erschöpft vor ihnen stehen. Er hielt die hohlen Hände Mirjam hin, denn ihn dürstete. Sie sah einen Mann, in übelriechendes Schafsfell gekleidet, mit langen verfilzten Haaren und einem zotteligen Bart, die Haut ausgetrocknet, und mit ausgezehrtem Blick. Doch war er ihr seltsam vertraut. Er hatte den Ausdruck jenes Jungen, dessen brennende Sehnsucht sie kannte.

„Moses!“, stammelte sie außer sich vor Freude.

„Ich habe es gesehen und werde euch hinführen“, sagte er kraftlos, und doch hörten sie ein Glück daraus klingen. Sie halfen dem Ermatteten zu Nuths Haus. Sie wuschen ihn zunächst und bereiteten ihm ein Lager in der kargen Behausung. Moses sprach nichts, er sackte in sich zusammen. Nuth flüsterte Mirjam zu:

„Ja, er ist es, der mir damals das Leben gerettet hat, seins ist mir so wertvoll wie mein eigenes.“

Nuth nahm ihn vorsichtig in seinen Arm, half ihm zum Sitzen auf. Mirjam flößte ihm Wasser ein und gab ihm vorsichtig ein paar Löffel Honigbrei. Noch bevor er ohnmächtig wurde, fragte Mirjam mutig:

„Was hast du Besonderes gesehen?“

„Die H...heimat, unsere. Sie liegt dort d...drüben“, Moses sank auf Nuths Schulter und schlief ein.

„Er meinte, wir müssen gen Westen und in die Ferne des Sinaigebirges losziehen“, sagte Nuth und legte Moses auf das Lager. *„Durchqueren wir den Meeresarm, dann kommen wir schnell dorthin. Uns geht es nicht nur um einen Platz, an dem wir frei leben können, es geht uns um die innere Heimat. Freiheit finden wir dann, wenn wir in das Innere der Dinge schauen können. Adonai, du bist die Freiheit und auch der Anführer aller Freiheitssuchenden.“* Hellsichtig wusste Mirjam, Moses hatte sich selbst gefunden, indem er ins Herz des Geheimnisses der Leviter geschaut hatte. Sie wachte bei Moses und hörte ihn im Traum sprechen. „Ich habe es im Feuer gesehen. Alles wurde Asche, und trotzdem brannte es, das Unvergängliche!“ Mirjam wusste von der Kraft der Unvergänglichkeit. Sie saß einen Tag und eine Nacht lang still an Moses Lager. Auch Nuth setzte sich zu ihr. Gemeinsam hielten sie Wache, und in ihrem Schweigen sah ein jeder von ihnen seine Aufgabe, sah sich eingebettet in ein größeres Ganzes. Sie würden Aaron einweihen und zu viert das Volk aus dem ägyptischen Land fortführen. Moses erwachte und blickte in die Augen Mirjams. Er sah darin ein Feuer lodern, ein Flackern, das ihn stärkte. Er richtete sich auf und nahm Nuth und Mirjam als Liebende wahr. Da empfand er Sehnsucht nach Zipora. Noch aber konnte er nicht zurückkehren, denn vor ihm lag ein wichtiger Auftrag. Er wusste es.

„Bleib bei uns, Bruder“, forderte Mirjam Moses auf. In den nächsten Tagen seiner Genesung enthüllte sie ihm die Geschichte seiner Aussetzung und gab sich vor ihm als seine Schwester zu erkennen. Kaum war Moses wieder zu Kräften gekommen, ging er als erstes zu Iokabeth. Es war ein glückliches Zusammenkommen. Iokabeth schwieg mit Tränen in den Augen, und auch Moses sagte zuerst nichts. Sie sahen sich an. Iokabeth erfuhr aber dann als erste von seinen zwei Söhnen. Ihr erzählte er von der Begegnung mit dem brennenden Busch, der ihm offenbart hatte, sein Volk, eben die Leviter, in die Freiheit zu führen. Nuth und Mirjam berichtete er später über Jethro. Berichtete auch, wie jäh und im Taumel seiner Erkenntnis er die Keniter verlassen hatte. Mirjam legte ihre Hand auf seine Schulter und flüsterte zärtlich:

„Moses, mein Bruder. Wir sind eines Ursprungs. Iokabeth ist unsere Mutter." Moses zeigte sich weder erstaunt noch überrascht. Er schien es tief in seinem Inneren geahnt zu haben. „In meinen Adern fließt das Blut der Wüstenstämme." Eine innere Stimme musste es ihm gesagt haben. Gewiss, die verwandten Leviter und Keniter vereinigen zu können, blickte er Mirjam in die Augen. Damals vor seiner Flucht nach Midian, nach jenem Wutanfall, mit dem er Nuth vor dem Ägypter schützte, musste er die Zusammengehörigkeit mit Nuth schon gefühlt haben. Und als ihm der Wächter nachgerufen hatte: „Du bist kein Prinz, du kommst aus dem Wasser!", hatte er seine einstige Amme, von der er nun wusste, dass sie seine leibliche Mutter war, vor sich gesehen und ihre Stimme gehört. Moses, mein Liebling, hatte er sie eindringlich flüstern gehört. Deshalb also sprach er seit seiner Kindheit hebräisch. Er hatte eine Woge aus Liebe für die Amme Iokabeth gespürt. Das hatte ihm die außergewöhnliche Kraft gegeben, den Hof zu verlassen und in die Wüste zu fliehen.

„Mirjam, meine Schwester“, sagte er eines Morgens zärtlich und sah sie einfühlsam an. Dann erzählte er leise:

„Mir hat sich in einem lodernden Busch das Ewige offenbart und mich aufgefordert, zu erkennen, wer ich bin – nicht nur Iokabeths oder Bint-Ananths Sohn, nicht nur Bruder einer Prophetin oder Ziporas Wüstenheld, ich bin noch etwas anderes, eben das herauszufinden ist der Auftrag. Verbunden zu sein mit einem Größeren und meine Pflicht zu tun, indem ich der inneren Stimme gehorche.“ Mirjam strahlte Vertrauen aus.

„Wir sind nicht, was wir scheinen. Wir sind viel mehr“, erklärte er und verneigte sich mehrmals, so als würde er sich hin und her schütteln, nicht vor, sondern neben Mirjam und Nuth, war dabei einer Richtung zugewandt, der seine ganze Ehrfurcht gehörte. Hoch im Gebirge des Sinai lag das Vertraute. Die Verehrung für den heiligen Berg hatte er bei Jethro und den Kenitern gelernt. Er betete jetzt, wie die Wüstenstämme beten.

Schwer erkrankt

sei der Pharao. Wie ein Lauffeuer verbreitete sich die Botschaft unter dem levitischen Volk. „Der Mächtige schwächelt“, sprachen sie unter sich, und ihre Herzen schlugen schneller. Mut zum Aufbruch lag in der Luft. Kinder, waren sie unbeobachtet, warfen Steine gegen die Palastmauer.

„Moses wird uns aus der Unterdrückung führen. Mirjam hat es prophezeit“, hörte man schon einige Vorlaute sagen. Moses aber winkte ab.

„Noch nicht“, sagte er zu Aaron und Mirjam. „Lasst mich mit dem Pharao sprechen, sehen, ob er mir noch w…wohlgesonnen ist. Dann erst werde ich ein Abkommen für eine Ausreise in die W…Wüste aushandeln. Ich werde Zeit dazu brauchen.“ Aaron nickte:

„Richtig gesprochen. Ich werde dir dafür aber erst einmal ein ägyptisches Gewand von einem Priester besorgen, den ich aus dem Erziehungshaus kenne. Sonst wirst du nicht mal an den Wachen vorbeikommen. Bruder, schneide dir zuerst den Bart und die Haare, oder hast du die Sitten der Ägypter vergessen?“

Aaron machte einem Priester, der ihn schätzte, seine Aufwartung. Er bat seinen Gastgeber um ägyptische Kleidung für einen aus der Wüste zurückgekehrten Ägypter, der verwundet aufgefunden worden sei. Zögerlich gab der Priester ein Gewand seines Sohns her. Er traute der Sache nicht, doch konnte er die höflich vorgetragene Bitte nicht abschlagen. Moses, kaum hatte er die Kleidung angelegt, schlüpfte er innerlich wieder in seine alte Rolle am Hof. Sein treues Pferd war kurz vor seiner Heimkehr – Memphis war schon in Sichtweite gelegen – gestrauchelt, hatte sich niedergelegt und war verendet. So machte er sich zu Fuß auf und ging auf das Tor zu. Die Palastwachen erkannten ihn nicht.

„Wer bist du?“

„Ich bin, der ich bin. Seht in mir w…was ihr wollt und ruft Bint-Ananth herbei.“

„Merkwürdig, er stottert. Könnte er der verschollene Moses sein?“, fragten sie sich untereinander.

„Ist er es, werden wir belohnt werden, weil wir ihn erkannt haben, ist er es nicht, werden wir bestraft werden. Was sollen wir tun?“

Moses blieb ungerührt vor den Zweiflern stehen, die ihm schließlich wegen seines durchdringenden Blickes das Palasttor öffneten. Ohne Umweg ging er auf Bint-Ananths Gemächer zu. Deren Leibwächter versperrte ihm den Weg, denn er trug weder seinen Siegelring noch ein Armband, das ihn als Mitglied der Königsfamilie auszeichnete. Moses flüsterte dem Erstaunten zu:

„Ich bin Moses, der Verschollene. Lass mich hinein, meine Mutter wird dich für die Überraschung, ihren Sohn unversehrt wiederzusehen, reichlich belohnen. Aber schweig jetzt.“

Leise trat der verloren geglaubte Sohn in den Säulengang, der den Innenhof seiner königlichen Mutter umrahmte, und blieb stehen. Eine junge Musikerin saß vor Bint-Ananth und spielte die Flöte, eine andere spielte auf der Laute. In einem großen Becken plätscherte das Wasser. Lange wartete er ungesehen und betrachtete die Schönheit der Frauen, ihren luxuriösen Lebensstil. Die feinen Möbel und die kostbaren gekachelten

Bilder an den Wänden erinnerten ihn an eine Zeit, in der er sich geborgen fühlte. Trauer ergriff sein Herz. War er nicht auch Teil von diesem Leben? In diesem Moment blickte die Prinzessin erschrocken auf den fremden Mann. Moses hob beide Hände, so wie ein Wüstenfürst eine Oase begrüßt, und stammelte: „M…m…Mutter."

Bint-Ananth erhob sich langsam, als wäre sie in einem Traum, wie angewurzelt blieb sie staunend stehen. Da eilte Moses ihr entgegen und schloss sie fest in seine Arme. Tränen rannen ihm über die Wangen. Bint-Ananth rief aus:

„Du bist ein Mann geworden!" Sie führte ihn zu einem Diwan, während die beiden Musikerinnen ungerührt weitermusizierten, doch Moses setzte sich auf den Mosaikboden. Fasziniert von der Eleganz der königlichen Mutter, berührte er ihre Füße. Auf einen Wink Bint-Ananths kam eine Sklavin herbei, nahm eine Anweisung entgegen, eilte davon und kehrte bald darauf mit wertvollen Gewändern und Schmuck zurück.

„Moses, morgen früh bringe ich dich zum Pharao. Zwar ist er sehr enttäuscht, dass du fortgelaufen bist, aber ich bin mir sicher, dass du sein Vertrauen zurückgewinnen kannst", sagte sie warmherzig und band ihm die goldenen Armbänder der königlichen Würde um die Arme. Das karge Wüstenleben hatte sein Aussehen verändert. Er wirkte erhaben und stark. Bis in die Nacht hinein erzählte er der Prinzessin von seinen Abenteuern, verschwieg aber, dass er schon Söhne gezeugt hatte.

Der Himmel am frühen Morgen war so rot, als würde das All durch die Geburt der Sonne bluten. Mirjam, die

Hellseherin, sang vor Nuths Haus, während Moses hinter Bint-Ananth zum Pharaonenpalast hinaufschritt:

„Seht doch, wie ein neues Zeitalter beginnt, blutrot zeigt sich das Firmament, wenn wir Frauen singend und tanzend vor seiner Herrlichkeit erscheinen."

Moses traf den müden und fiebrigen König in einem prunkvollen Saal an.

„Wer bist du wirklich und woher kommst du, abtrünniger Thut-a-mosis?", fragte der König ihn.

„Ich komme dreimal aus dem W…Wasser, erst aus dem Fruchtwasser der Iokabeth, dann aus den göttlichen Wassern des Nil und zuletzt wurde ich durch das Wasser eines Brunnens in der Wüste Midians zum Leben erweckt. Wie das W…wasser unvergänglich ist und der Ewigkeit verbunden, bin ich der Sohn, aus Unendlichkeit gezeugt, um w…wieder in diese einzugehen, nachdem ich getan habe, w…was ich tun muss." Der Pharao war beeindruckt von seiner Antwort.

„Höre, Moses, deine Erklärungen klingen ernsthaft, aber, Prinz, du bist mein Sohn. Nachdem Iokabeth bei mir getanzt hatte, habe ich sie genommen. Später habe ich sie wiedererkannt, als sie, mittlerweile deine Amme geworden, zu meiner Tochter Bint-Ananth kam. Ihre Brüste waren voller Milch und sie war eine der schönsten Frauen, die ich je besaß. Aber nun zu deiner Mutter geworden, verweigerte sie sich mir. Sie bewies damit großen Mut. Ich hätte sie auspeitschen lassen können. Damals flüsterte sie mir zu: „Moses ist dein Sohn." Ich war also Großvater und Vater zugleich, denn der angenommene Sohn meiner Tochter war in Wirklichkeit mein Sohn. Bint-Ananth habe ich das verschwiegen. Jetzt, Moses, weißt du, wer du wirklich bist."

Moses schien unbeeindruckt von der Tatsache, vor seinem leiblichen Vater zu stehen, und antwortete:

„Ich bin nicht das, als was ich erscheine, großer Herrscher. Ich war in der Wüste, ich weiß um die Vergänglichkeit des Leibes und ahne die Kraft eines ewigen Leuchtens. Dem bin ich verbunden. Zudem möchte ich das Volk meiner Mutter, und damit auch meines, von hier wegführen."

„Sieh an, ein levitischer Zauberer ist aus meinem Sohn geworden. Einer, der die Priester Amuns meidet. Das klingt nach Rebellion." Der Pharao hustete. Mit aller Kraft sich aufbäumend, befahl er:

„Nein, mein Sohn, in drei Tagen wirst du unsere Armee hinunter nach Saba führen und die Stadt erobern. Beweise, wer du bist!"

Moses war klug genug, sich dem Befehl des Sterbenskranken nicht zu widersetzen. Er würde sich die Gunst des Pharaos erkämpfen. Noch vor seinem Tod würde er die Hebräer ziehen lassen. Das spürte er tief in seinem Herzen. Ich werde nach gewonnener Schlacht in Saba zusammen mit Aaron vor den königlichen Vater treten und Aaron sprechen lassen. Aaron hat die besseren Argumente. Er wird ausdrücken können, warum die Leviter in das gelobte Land ziehen müssen", sagte er sich. „Aaron", fügte Moses seinen Gedanken hinzu, „spricht die Sprache der Gebildeten des Pharaonenhofes."

Bint-Ananth ging mit Moses aus den königlichen Gemächern hinaus. Sie sah ihn befremdet an, als er laut sagte:

„Der Pharao wird das Gesuch der Leviter bald nicht mehr abschlagen können." Die Prinzessin wunderte sich über die Art, wie ihr Sohn das Wort Leviter aussprach. Es klang vertraut. Es hatte nicht den Ton des Verächtlichen, klang nicht danach, wie die meisten Höflinge den Namen des Hebräerstamms aussprachen. Sie fürchtete das Fremde in ihrem Sohn.

Es blieb keine Zeit, dieses auszusprechen. Der Abmarsch des Heers eilte. Die nächsten Tage galt es Vorbereitungen zu treffen. Schon stand die königliche Armee bereit. Moses musste sich mit ihren Waffen vertraut machen. Und dann, nach drei Tagen Frist, ohne Zögern aufbrechen.

„Wenn die Kraniche ziehen, verlässt uns die Gewissheit nicht, dass sie zurückkehren und in voller Schönheit wieder auf den blauen Teichen landen", sang Mirjam Moses als Abschiedslied, das nur der Wind hörte.

Mutig

und zum Sieg entschlossen kämpfte Moses um die Festung Saba. Viele Krieger sah er sterben. Er umlagerte mit seinem Heer die steinerne Mauer. Saba an das Ägyptische Reich zu binden, seine Bewohner an die großen Gedanken des Herrschers anzubinden, war der Auftrag seines Vaters. Er hatte ihn nicht hinterfragt.

Denn er war von dem Ewigen, das er in dem beständig brennenden Busch in der Wüste leuchten sah, beflügelt. Wenn Leben vergeht, ist es in der Ewigkeit aufgehoben und somit unvergänglich. Das Leben entfesselt sich aus den Klauen seines Ursprungs und geht doch im Ewigen ein. Solche Gedanken prägten seinen Kampfgeist. Er hatte sie bei Jethro gelernt. Und in einem Moment, als er sich völlig hingab, fliegend auf dem Pferd die Feinde an der Stadtmauer angriff, wurde er von der Tochter der Königin beobachtet. Sie war gebannt von seiner Furchtlosigkeit, beunruhigt von seiner beharrlichen Besessenheit, mit der er sein Ziel verfolgte. Sie schaute auf ihn aus der Ferne, verhüllt und getarnt in einer Kutsche in einem Buschwerk, und konnte sich nicht satt sehen, wie er um sich schlug.

Sie sandte einen Boten: „Wir bitten mit Moses zu verhandeln.“ Moses stoppte den Angriff und folgte dem Gesandten. Als er vor dem Fenster ihrer Kutsche stand, verliebte sich die heißblütige Tochter der Königin von Saba augenblicklich in ihn.

„Wir ergeben uns, verhindern noch mehr Blutvergießen. Aber höre auf mich, und nimm mich unverzüglich zur Frau“, sprach sie mit betörend tiefer Stimme. Moses hielt inne. Ihre Schönheit verschlug ihm die Sprache. Er spürte das mächtige Verlangen, sie sofort zu sich heranzuziehen. „Jawohl“, rief der erhitzte und vom Kampf ermüdete Prinz. Die Lust nach liebender Umarmung bedrängte seine Sinne. Weder konnte er seine Triebe bremsen, noch seine Sehnsucht nach Befriedung der gesamten Lage. Er willigte ein, sie noch vor der Nacht zur Frau zu nehmen. Der Kampf hatte ein Ende. Wie ein Lauffeuer verbreitete sich die Neuigkeit: „Tharbis nimmt Moses noch heute zum Mann.“ Das Tor zur befestigten Stadt öffnete sich wie von selbst. Die Königin gab der Vereinigung ihren Segen. Moses vergaß sofort den Kampf und die Schlacht, er fühlte sich siegreich in einer anderen Eroberung. Bald schon, im Taumel der rauschenden Liebesnacht, war er von ihrer Leidenschaft so überwältigt, dass er seine Mission vergaß, die Hebräer in die Freiheit zu führen. Das Verlangen, das in ihm immer wieder geweckt wurde und von seinen Lenden aus seine Gedanken flutete, und der Triumph, den er empfand, nicht nur eine bedeutende Thronfolgerin erobert zu haben, sondern ein ganzes Land dazu, gab ihm das berauschende Gefühl von Macht. Er kostete das zum ersten Mal. „Bleib nicht lange fort“, flüsterte er seiner schwarzen Schönheit ins Ohr, wenn sie sich von ihm entfernen wollte.

Er feierte einige Wochen mit der ungewöhnlich mutigen Tharbis an seiner Seite seinen Erfolg, und alle in der Stadt huldigten Moses als ihren neuen Herrn. Sie waren von seinem prächtigen Auftreten, seinem hellen Gesicht und dem kupferfarbenen Haar völlig hingerissen und lagen ihm ergeben zu Füßen. Die Wände von Tharbis Gemächern bestanden aus dunklem Lehm. Anmutige Gärten lagen dazwischen mit steinernen Badeteichen, neben denen die Kolibris in den Bäumen zwitscherten, so dass Moses sich selbst vergaß und sich ganz den Versuchungen der Lust ergab. Aber als ihn die Botschaft aus Memphis erreichte, er möge unverzüglich zurückkommen, da sein Vater im Sterben liege, da erst erwachte Moses.

„Süße, komm mit nach M…Memphis, in meines Vaters, des Pharao Palast." Sie lächelte ihn offen an. Als großer Held würde er nach Ägypten zurückkehren. Mit Tharbis.

Seine Armee war bis auf wenige Streitwagen nach Memphis zurückgekehrt. Mit ihnen, mit Tharbis und ihrem Gefolge aus vielen Frauen, verließ er Saba, nicht ohne zu versprechen, bald zurückzukehren. Aber er blickte nicht mehr zurück, als er den Streitwagen vorausritt.

Stolz führte Moses dem ägyptischen Hof die mit unvergleichlicher Eleganz schreitende ebenholzfarbene Schönheit vor. „Moses ist mächtig geworden", flüsterten hier und da Stimmen, die dem Thronfolger Merenptah unheimlich anmuteten. Könnte Moses eine Gefahr für seine Ambitionen werden? Wie viel Freunde und wie viel Bewunderer hatte dieser Bastard auf einmal?, fragte er sich neidisch. Wollen sie jetzt diesem Halbprinzen und nicht mehr mir als ihrem künftigen Herrscher zujubeln? Merenptah war zwar durch die königliche Mutter geboren, aber er wirkte unscheinbar neben dem jungen Eroberer der Wüsten. Ein zitteriger Ramses empfing den glorreichen Rückkehrer am Abend in seinem Schlafgemach. Er sah ihn milde lächelnd an und schöpfte bei Moses Anblick und Bericht über die gelungene Eroberung von Saba neuen Lebensmut:

„Übermorgen, am Neumond, feiern wir deinen Sieg", flüsterte der gebrechliche Pharao. Er wollte unbedingt noch Moses und dessen Vermählung seinen Segen geben.

„Keine Siegesfeier, nur einen Aufbruch wird es geben“, antwortete Moses nüchtern und ohne zu stottern auf die unerwartete königliche Liebe.

Beim Einschlafen – Bint-Ananth hatte einen Flügel ihres Palastes für das junge Paar ausgeschmückt – dachte Moses an seine Schwester und seine Mutter Iokabeth. Er sehnte sich nach ihnen. Während der Hof die prunkvolle Triumphfeier vorbereitete, sandte Moses heimlich nach seinen hebräischen Verwandten. Mirjam möge tanzen, denn er würde sich mit der Prinzessin Tharbis vermählen, lautete seine Botschaft, und er wünsche die Anwesenheit seiner gesamten Familie.

Der Mond leuchtete still und unberührt von den Feierlichkeiten, als die Priester Moses und Tharbis unter freiem Himmel auf der großen Treppe des Palasts vermählten. Viele Frauen blickten mit Tränen in den Augen auf Moses. Mirjam mit Freudentränen, doch lag eine finstere Glut hinter ihrem Blick. Wird Moses mit Tharbis als Frau sein Versprechen halten können?, schien sie sich zu fragen. Aaron blickte abwechselnd auf das Paar und auf Iokabeth. Das war nicht ihre Welt, sie fühlte sich fremd. Amram stand gelassen und doch beobachtend unter dem feiernden Hofstaat. Sicher war diese Hochzeit die Krönung von Moses Laufbahn und er würde bald eine wichtige Position angeboten bekommen. Was würde mit ihrem Auszug geschehen? Mirjam dagegen vertraute Moses weiterhin, doch schaute sie Tharbis mit innerer Skepsis an, die fast alle Menschen Fremden gegenüber zeigen.

Mit ausgewählten Schönheiten aus dem Volk der Leviter führte sie den Rundtanz an und sang sogleich:

„Moses ist zurück und hat ein herrliches königliches Weib mitgebracht. Erwach, meine dunkle Schöne, und folge uns hinaus ins Reich aus Leichtigkeit und Glück!"

Tharbis, das schwarze Haar in vielen kleinen Zöpfen geflochten und hoch aufgetürmt, reckte ihren langen Hals. Fremdartig wirkte ihre makellos dunkle Schönheit unter den festlich gekleideten und kunstvoll geschminkten Ägypterinnen.

„Wer ist das tanzende Mädchen? Sie wirkt leicht wie ein Kind, anmutig wie ein lockendes Weib, und zäh und weise wie eine Greisin", fragte Tharbis. Bint-Ananth antwortete:

„Die Hebräer verehren sie als ihre Prophetin Mirjam. Sie soll Zauberkräfte besitzen. Ihr Einfluss auf Moses ist gefährlich." Dabei verschwieg sie, wie nahe sich Moses und Mirjam standen. Und auch, dass sie Geschwister waren.

Die Aufmerksamkeit, die die beiden Frauen Mirjam schenkten, nutzte Moses, um heimlich mit Aaron zum Krankenlager des Pharaos zu entschwinden. Sie hatten Wichtiges zu bereden. Mirjam, kaum war ihr Tanz beendet, schlenderte unauffällig auf Tharbis zu. Mit anmutiger, doch nicht unterwürfiger Geste, verbeugte sie sich vor ihr und hauchte leise auf Hebräisch:

„Die Erwachten tanzen und singen von der Herrlichkeit der Welt.“

Oh, eine Verrückte, dachte Tharbis. Aber als sie in ihre Augen blickte, sah sie das Aufbegehren blitzen. Plötzlich fühlte sie sich wie Mirjam, und doch völlig anders, als Fremde unter Fremden. Mirjam wusste um ihren baldigen Aufbruch, Tharbis aber war gerade erst angekommen. Sie nahm das Andersartige an Mirjam deshalb umso deutlicher wahr.

„Sie kommt wie ich aus einer anderen Welt und sie gehört einem anderen Volk an.“ Tharbis spürte dennoch Unwillen, denn schließlich konnte sie nichts mit einer Frau aus dem Sklavenvolk gemein haben. Zwar hatte sie gehört, dass die Hebräer aufbegehrten, bereit waren, ein Opfer zu bringen, um in die Freiheit zu gelangen, aber das würde unter dem Einfluss, den Moses auf den Hof ausübte, unmöglich werden.

„Leid kommt über Ägypten, wenn du, hoher König, die Leviter ihre Opfer nicht draußen in der Wüste darbringen lässt“, sagte Aaron zum geschwächten Pharao währenddessen und versprach dem kranken Herrscher, wenn er ihn zusammen mit einigen Levitern in die Wüste ziehen lassen würde, könnte er Medizin zurückbringen, die den Pharao heilen und vielleicht sogar unsterblich machen würde. Moses nickte.

Der Herrscher war gierig nach Leben. Er unterlag der großen Illusion, den Tod getrennt vom Leben zu sehen. Längst hatte er seine Grabkammer anfertigen lassen, vielleicht fürchtete er sich umso mehr vor dem Tod, je goldener er sie ausstattete. Suchend blickte er zu Moses.

Voll Stolz über seine neugewonnene Macht sah dieser den Pharao herausfordernd an.

„Ja, ich unterstütze das Opfer der Leviter", sagte Moses bestimmend.

„Dieser kleine Sohn einer Sklavin hat die Tochter der Königin von Saba, ein Rasseweib, unter seine Kontrolle gebracht", dachte der Pharao. Das Selbstbewusste seines Sohnes rief Widerstand in ihm hervor.

„Hebräer haben keine klare Vorstellung von einem Führer, keinen Kultus um Götter, sie kennen nicht einmal das Gesicht ihres Gottes, dabei schlachten und opfern sie ihm Tiere. Unsere Götter verachten sie. Die Leviter halten ihren Glauben so geheim, dass sie nicht einmal Priester ausbilden. Wie und wo wollen sie hin und ein solches Opfer ausführen?", fragte er.

„Ich werde sie begleiten und auf sie Acht g…geben, Vater." Dabei gebrauchte Moses das Wort Vater zum ersten Mal gegenüber dem König, und er verlieh diesem Wort einen eindringlichen Ton. Es entstand eine Pause. Der Pharao röchelte. Moses fuhr fort:

„Mirjam, meine Halbschwester, wie du mir unsere verwandtschaftliche Beziehung verraten hast, ist eine sehr kluge und geschickte Anführerin. Sie begeistert ihr Volk." Aufgebracht antwortete Ramses:

„Was will diese herumtanzende Mirjam? Prophetin wird sie genannt, aber was kann sie prophezeien? Wie will sie ein Volk führen?"

„Mit Frieden, mit ihrer Energie. Das einfache Leben ist ihr vertraut, die Natur spricht zu ihr. Dinge, die der ägyptische Hof nicht mehr kennt, weil die Priester uns mit komplizierten Kulten und unverständlichen Orakelsprüchen verwirren." Müde winkte der Pharao ab und vertagte die weitere Unterredung auf den nächsten Morgen.

Als Aaron in seine Gasse in der Hebräersiedlung zurückkehrte, warteten viele junge Männer auf ihn.

„Mut, Leute!", rief er laut. „Wir hören ihn, Haschem redet. Kettet euch an seine Endlosigkeit. Seid furchtlos und bereit zum Aufbruch. Lasst uns ein Opfer darbringen und vergesst eure Angst. Aber missbraucht seinen Namen nicht, schweigt, hütet das Geheimnis, **denn bestraft wird, wer seinen Namen missbraucht.**" (2. Moses 20.7) Der Pharao hatte seine Spione ausgesandt. Sie berichteten von Aarons Rede an die Leviter. Der hinfällige König wurde wütend. Am nächsten Morgen zeigte er sich unnachgiebig. Er verbat wiederholt den Levitern, die Stadt zu verlassen. Aaron fluchte:

„Beim Stab der Totenfresserin, wir werden hinausziehen! Wer sich uns entgegenstellt, über den soll großes Leid kommen!"

So geschah es, wie Aaron es angedroht hatte: Plagen überfielen die Ägypter. Da begann Ramses sich zu fürchten. Als dann noch ein Säuglingssterben einsetzte, jedes Ägypterkind, das geboren wurde, noch bevor es drei Tage alt war, verschied, wurde der ausgezehrte Pharao nervös. Eines Morgens rief er unter Schmerzen seine „Stütze des Throns" – es war sein langjähriger Freund, dem er dieses wichtige Amt am Pharaonenhof verliehen hatte, und nicht sein Thronfolger Merenptah – und vertraute ihm an:

„Ich habe mich versündigt und bereue meine Taten. Ruf Moses herbei. Er soll diesen Teufel Aaron mitbringen, und das Hexervolk soll in die Wüste ziehen, ihrer mir unbekannten Macht die Opfer darzubringen. Ich gebe ihnen drei Tage Zeit."

Moses jubelte innerlich, als er die Neuigkeit über den Wandel im königlichen Denken vernahm. Er erschien mit Tharbis vor dem Pharao. Kurz darauf traf Aaron mit Mirjam und Iokabeth ein. Ramses blickte jeden eindringlich an. Tharbis biss sich auf die Lippe, denn sie spürte, dass diese politische Wandlung nicht zu ihren Gunsten war. Moses war auf merkwürdige Weise mit dem Schicksal der Hebräer verwoben. Iokabeth lächelte den Pharao versöhnlich an. Mirjams Augen waren geweitet. Das eine schien zu sagen: „Nur Mut, König, wag es", das andere sah ihn voller Mitempfinden an und sagte zärtlich: „Auch wir lieben dich." In Mirjams Augen blickend flüsterte der Herrscher:

„So sei es. Geht in die Wüste, bringt euer Opfer dar und betet." Kaum hatte er diese Worte verkündigt, starb der große Ramses.

In Windeseile

verbreitete sich die Nachricht: „Ramses II. ist tot. Merenptah wird den Königsthron besteigen. Die Priester von Amun werden ihn in drei Tagen zum Pharao weihen. Geht auf die Knie vor dem neuen Herrscher!" Mirjam aber berührte die Botschaft nicht, sie sang:

„*Folgt mir, singet und tanzet: Ist der König tot, besteigt ein anderer Herrscher seinen Thron. Unser König aber ist unsterblich, er erwartet uns mit seinem Licht. Steht auf, es ist so weit. Folgt mir hinaus und lasst uns das Ewige preisen!*" Die Frauen reihten sich hinter ihr ein und bildeten einen festlichen Zug.

„Die Zeit ist reif. Lasst uns Frauen vorangehen und den Männern unsere Entschlossenheit zeigen. Wir zagen nicht", stärkte die eine das Selbstvertrauen der anderen. Mirjam rief:

„Morgen früh, noch vor Sonnenaufgang, brechen wir auf. Packt nur das, was ihr tragen könnt!" Ihre beiden Augen strahlten diesmal Gewissheit aus, und niemand konnte auch nur den geringsten Makel erkennen.

Noch in der Dunkelheit des frühen Tages erklang Mirjams Lied, das sie mit ihrer Tof begleitete:

„*Erwachet ihr Frauen. Mit keinem Namen können wir ihn rufen. Er, dessen Name ungesagt bleibt. Wir folgen hinaus aus der juwelenbestückten Kammer unseres Traumes ins weihrauchduftende Land der Heimat!*" Auf Iokabeths Rücken war ein Säugling festgebunden. Jeweils rechts und links führte sie zwei Kinder an der Hand. Die meisten Frauen taten es ihr nach, reihten sich hinter der Matriarchin ein, bis ein großer Zug entstand. Einige gingen in gleichmäßigem Schritt, andere spielten Zimbeln und hüpften neben dem Zug her oder schlugen auf die Pauken und stapften festen Schrittes der Menge voran. Mitreißende Rhythmen, Klänge im Morgengrauen. Nuth sah dem

Auszug der Frauen bedächtig nach. Mirjam wirbelte ihr Tamburin in die Lüfte und fing es auf. Sie tanzte unverzagt, schlug kühnen Hauptes ihre kleine Schellentrommel. Ihr schwarzes Gewand wehte im Wind, als trüge sie Flügel. Ihr roter Gürtel leuchtete im Licht der Lämpchen, als wäre er eine kleine Mohnblume, die sich zur aufgehenden Sonne hin entfaltete. Beseelt schloss Nuth die Augen. Mirjam, ein dunkler Engel mit blutendem Herzen, der ins Licht des Morgens führte. Ein Wunder. Doch lange konnte er nicht sinnen. Aaron rief zum Aufbruch der Männer:

„Die Stunde ist gekommen. Seid ihr bereit? Wir werden eine neue Stadt bauen. Das ist unsere Bestimmung." Nuth trat entschlossen neben Aaron.

„Hast du die Kräuter, unsere Arznei, dabei, damit wir leicht und kraftvoll hinüberkommen?" Nuth lächelte auf eine Art, wie es nur Erfahrene tun, die ihre Rauschzustände kontrollieren können.

„Wo bleibt Moses?", fragte er. Aaron und Nuth waren unruhig. Die Zeit zum Abmarsch drängte. Schon in zwei Tagen würde Merenptah, der Moses hasste, den Thron besteigen. Bis dahin mussten sie fort sein. Der neue Pharao würde Moses gnadenlos verfolgen. Denn Moses war für ihn eine große Gefahr. Viel zu mächtig war er inzwischen geworden. Das äthiopische Volk stand hinter ihm, und er war auch noch zum Anführer der Hebräer geworden. Die ägyptischen Höflinge begannen ihn insgeheim zu bewundern, und in den Augen der einfachen Bewohner von Memphis war er längst ein Held.

Aaron blickte auf einige Männer, die zögernd in ihren Hauseingängen standen und sich nicht vom Gewohnten trennen wollten. Sie waren unschlüssig, ob sie sich aufstellen und eingliedern sollten. Ob nicht diese Reise in fremde Gefilde einen Aufbruch in den Tod bedeutete? Aber als Moses in prächtig geschmückter Gestalt zu Pferde herangeritten kam, raunten auch die Feigen unter ihnen:

„Der große Prinz führt uns hinweg. Alles wird gut und voller Heil." Golden leuchtete die Lanze des Moses. Silbern glänzte Aarons Stab, während Nuth den blutroten Medizinbeutel über seinem Kopf schwang und mit tiefer Stimme sang:

„Fürchtet nichts, Leute, das Namenlose hat gerufen: Ich bin euer Arzt, kein Leid wird über euch kommen, wenn ihr meinem Gebot folgt." (2. Moses 15.26) Da traten auch die letzten der Männer hervor. Mit Moses an der Spitze glich die Flüchtlingskarawane einem Triumphzug. Manche waren zu Pferde, andere saßen auf Kamelen, es gab ein paar Wagen, die von Eseln gezogen wurden, die Überzahl der Männer aber lief zu Fuß.

Aaron dachte an die günstige Vorbestimmung durch die Gestirne, Nuth an das richtige Wetter, Moses aber hing seinen Gefühlen nach. Er hatte sich schon von Bint-Ananth unter Schmerzen verabschiedet, die Trennung von der jungen Tharbis jedoch war grausam gewesen. Die Raffinesse ihrer Schönheit blendete ihn sogar noch in der Erinnerung. Wann würde er sie je wiedersehen? Durch sie war er in die Kunst der Liebe eingeweiht worden. Er wollte nicht auf Tharbis verzichten. Was aber blieb zu tun? Nachdem er sie gebeten hatte mitzukommen und sich bei Mirjam einzureihen – hatte sie ihm ihre rote Zunge gezeigt. Das war betrüblich für ihn gewesen.

Die Leviter zu führen hatte ihm eine mächtige Kraft aus dem brennenden Busch befohlen. Nun war der Zeitpunkt gekommen, sich diesem Befehl zu stellen. Und dafür musste er ein großes Opfer bringen. Oh Tharbis, leb wohl, dachte er und erinnerte sich kummervoll daran, wie Tharbis ihm die Stadt ihrer Mutter geopfert hatte.

„Meine Brüder, die Keniter, rufen mich zurück. Zusammen mit den Levitern sollen sie ein größeres Reich bilden. In einem vereinten Land, in dem eine offene Staatsform, Gerechtigkeit und Freiheit herrschen sollen, werden sich die Stämme vereinigen. Ich will die Leviter dorthin bringen. Ich h…höre die Stimme in mir, die mir befohlen hat: „**Moses, der Ort, auf dem du stehst, ist ein heiliges Land.** (2. Moses 3.5) Bringe die Leviter hierher!“ Jetzt höre ich die Stimme in mir sagen: „Führe sie!“ Den Anweisungen eines inneren Sehers zu folgen, war ihm heilige Pflicht. Sein Pferd, ein schwarzer Hengst, der ihn nach Saba in die Schlacht begleitet hatte, wieherte freudig, als Moses zurück an die Spitze preschte. Er war den gesamten Zug bis zu seinem Ende im Schritt abgeritten und hatte auch die letzten Männer freundlich gegrüßt. Alle folgten ihm, wie einem ungekrönten König. Moses aber richtete seine Gedanken auf Mirjam, die Prophetin. Sie wurde sein Ansporn. Auch

Aaron, Nuth und viele der anderen Männer fühlten wie er. „Sie wird nicht nur die Frauen beeinflussen. Das ganze Volk wird bald in ihr eine Herrscherin sehen", schwor Moses. Und Aaron dachte: „Ich werde einmal zusammen mit Mirjam regieren." Nuth aber wusste, dass sie seine Tatkräftigkeit, auch Feinde zu heilen, teilte. Die noch verstrittenen Stämme galt es zu einigen und mit ihnen gemeinsam das Wüstenwunder zu sehen: jenes Ewigen Leuchten im Licht.

Unheimliches

prophezeiend, wehte der dunkle Hauch der Nacht durchs Schilfmeer. Nach tagelangen Wüstenwanderungen hatte Mirjam eines späten Nachmittags die Frauen und Kinder ins Dickicht aus wogendem Schilfrohr geführt und gerufen:

„Es ist der schnellste und direkteste Weg zum Meer! Wir wagen es, Frauen! Lasst uns tapfer bleiben und noch vor Mitternacht die Ufer erreichen." Die feuchten Sümpfe schluckten bald jegliche Gesänge, und die Fröhlichkeit verklang. Die Schwere des Schlammes ließ sie nur noch schleppend vorwärtskommen. Der Morast saugte an den Füßen, und die Kleinen begannen zu weinen. Als es dunkel wurde, wirkten die abgestorbenen Bäume mit ihren dürr in den Himmel greifenden Ästen gespenstisch. Zieht uns nicht hinab in die unergründliche Tiefe des Moores, dachte so manche der Frauen. Ihr Zug schien ein düsteres Unterfangen zu werden. Bedrückend klang das beständige Plätschern.

Überall blubberte Wasser, selbst die salzigen Angsttränen auf den Gesichtern der jungen Mütter vermischten sich mit der allumfassenden Feuchtigkeit der sie umgebenden Natur.

„*Wechselhaft ist der Weg. Auf Nass folgt Trocken. Sammelt alles Nass in eurem Schlund und wisset, dass ihr das Staubkorn fruchtbar machen könnt. Lenkt euren Blick in die Lüfte. Windet euch hoch, werdet leicht und lauft, lauft. Spürt, wie der seidige Hauch der Nacht in den Sümpfen euch streichelt. Lauft weiter, ihr geliebten Schönen meines Levitervolkes*“, leitete Mirjam sie mit hoher Stimme an. Zirpend hoben die Nachtvögel von den alten knorrigen Ästen ab und flogen hinauf. Sie verließen ihre Nester, um den Mond zu grüßen, der groß und geheimnisvoll über der schwarzen Landschaft aufging.

Engelhaft, als hätte sie Flügel, schwebte Mirjam tapfer voran. Und als wären sie nur ein Schwarm, der flüchtig die Erde streift, folgten die Frauen Mirjam. Und wie beschwingt wurden sie, als sie festen Boden erreichten und das sandige Meeresufer weit und ruhig vor ihnen lag. Hoch am Himmel strahlte der volle Mond, und obwohl er kalt wirkte, schien er alle Feuchtigkeit mit seiner Mondmagie an sich zu ziehen. Vom Mondzauber entfesselt legten sich die Müden nieder, um eng aneinandergeschmiegt auf dem weichen Silbersand friedlich zu schlafen.

Triumphierend
bestieg der neue Pharao den Thron. Er hielt den Krummstab in seiner Rechten und blickte hinunter auf die neugewählte „Stütze des Throns", einen ihm nahestehenden Freund, die vier Männer des Regierungsstabs, die er von seinem Vater übernommen hatte, und den Hohepriester des Amuntempels sowie die Kriegsherren und Befehlshaber der Streitwagen. Plötzlich störten aufgeregte Stimmen die Demonstration neuer Macht. Gemeldet wurde, dass die Hebräer, obwohl die drei Tage verstrichen wären, die der verstorbene Pharao ihnen gewährt hatte, um ihre Opfer darzubringen, nicht zurückkämen. Sie wären mit Hab und Gut weit hinein in die Wüste gezogen und wollten sicher über einen Arm des Roten Meeres dem ägyptischen Reich entfliehen. Merenptah schüttelte sich vor Wut, so dass das Königskopftuch und die Doppelkrone wankten. Er wirkte lächerlich. Aber mit Befehlston schrie er:

„Keiner komme je nach Midean. Holt die Flüchtlinge zurück! Rüstet sofort die Streitwagen, schlagt Moses. Bringt mir den Prinzen lebendig zurück. Ich werde ihn strafen. Die Hebräer sind der Besitz unseres Königreichs!"

Der Befehlshaber der Armee rüstete zum Aufbruch.

„Morgen früh verfolgen wir ihre Spur", gab er bekannt.

In Windeseile werden sie die Leviter verfolgen, überrennen und niedertrampeln, wenn diese Hilflosen Widerstand leisteten. Einzig Moses galt es lebendig einzufangen. Moses, in den die Krieger große Hoffnung gesetzt hatten, der sie in die Schlacht zu Saba geführt hatte, war nichts als ein Abtrünniger. Ein Verräter. Sie schworen Rache. Aber auch Aaron, den die Ältesten der Priesterschaft im Erziehungshaus ausgebildet hatten, war ein Überläufer, ein Verleumder. Sie beide hatten sich mit diesem Eulengeist, mit dem Zauberer, dem Medizinmann Nuth, verbündet. Berüchtigt für ihre einzigartige Schnelligkeit, preschten die ägyptischen Streitwagen voran. Doch hielten sie auf halber Strecke an. Die Spur der Leviter führte auseinander. Eine Fährte führte nach Osten ins Schilfmeer, die andere hinauf nach Norden. Was hatte das zu bedeuten? Welchen der Flüchtlingszüge führte Moses an? Welcher Furche sollten sie folgen? Schließlich lautete ihr erster Auftrag, den Prinzen zu finden. Sie zögerten und hielten inne. Einer rief:

„Die Verrückten werden doch von einer Frau geführt!"

„Ja, und Moses liebt sie", meinte ein anderer. Sie begannen wild durcheinanderzureden:

„Sie soll eine Prophetin sein!" „Ich sage, sie ist eine Ketzerin!" „Eine Aufwieglerin!" „Ein Teufelsweib!" Es wurde Abend, ohne dass sie sich entschlossen hatten, welche der beiden Spuren sie nun verfolgen sollten. „Täuschen sie uns, wenden sie einen Trick an?", fragten sie sich untereinander. Ihr Befehlshaber war sich nicht mehr gewiss. Es würde bald dunkel werden. Schleunigst galt es, sich für einen der Wege zu entscheiden. Sie verfluchten den geheimen Gott der Hebräer, dessen Namen diese wilden Leviter nicht nannten, der ungreifbar und formlos war. In dieser Nacht aber gaben die ägyptischen Soldaten ihm mit schallendem Gelächter einen Namen. „Kalbsgott“ spotteten sie, „der mit den viel zu kleinen Hörnern.“ Auch das wurde ihnen zum Verhängnis, als sie der Spur der Männer folgten.

Ein Reiter tauchte am Horizont auf. „Es ist Moses“, jubelte Mirjam, die ihn an der gehobenen Lanze erkannte. Besorgt hatten die Frauen den ganzen Vormittag am Meeresufer auf ihre Männer gewartet. Sie hatten Fisch gefangen und zubereitet, doch konnten sie weder das Essen genießen, noch sich von den Strapazen erholen, denn die Furcht, dass den Männern etwas zugestoßen sei, überschattete alles. Pferd und Wagen, die Esel mit den Lasten, hatten den Zug durch das Schilfmeer nicht wagen dürfen. Sie wären eingesackt, und der Schlamm wäre zur tödlichen Falle geworden. Deshalb hatten die Männer, die anfänglich hinter dem Frauenzug gingen, dann aber kunterbunt mit ihnen vermischt weitergezogen waren, sich vor dem Schilfgewirr wieder von den Frauen getrennt. Am Strand, der westlich des Schilfmeeres lag, wollten sie wieder zusammentreffen.

Welch ein Aufatmen ging durch das Lager der Frauen, als Mirjam auch noch „Aaron!“ rief. Langsam tauchten alle anderen auf. Das Levitervolk war ohne einen einzigen Verlust zu beklagen wieder vereint.

Der Geschmack vom gegrillten Fisch, die Wiedersehensfreude, Umarmungen, Berichte, die ausgetauscht wurden, konnten die beklemmenden Gedanken nicht überdecken: Wie sollten sie über das unberechenbare Meer hinüber auf die andere Seite kommen?

Moses wandte sich entsetzt vom Anblick des Wassers ab und schaute zurück nach Memphis. Er dachte an die

Träume, die Mirjam in ihm geweckt hatte, als er noch ein Junge war, und wie sie ihm damals zuflüsterte: „Einmal wirst du das Wasser überlisten." Und er gerufen hatte: „Ich will übers Wasser gehen!" Doch nun fragte er sich, ob letztlich nicht alles Einbildung gewesen war, alles, was er gehört und gesehen hatte. Er zweifelte. Auch Aaron wandte sich ab, und nach Westen gewandt, starrte er auf seinen Stab. Was hatte er nicht alles von den Priestern gelernt? Jetzt besaß er den silbernen Stab mit dem Bildnis der Totenfresserin. War das der Untergang seines Volkes? Das Rauschen der Wellen verlangte nach einem Ende. Er zauderte. Einzig Nuth blieb gefasst. Er führte Mirjam an der Hand und flüsterte:

„Sieh, wie die Lanze des Moses funkelt. Sie reflektiert die Strahlen der glühenden Mittagssonne, obwohl er sich abkehrt. Lass uns die Kräuter unter den Leuten verteilen, damit sie ein wenig ruhen und am Abend gestärkt sind. Das Meer der Freiheit liegt vor uns, Mirjam. Wir können es überqueren. Ich habe die Himmel studiert und kenne die Gezeiten. Heute bei Sonnenuntergang werden die Wellen sich zurückziehen, und wir können hineinlaufen. Wenn der Vollmond aufgeht und sein Licht eine Straße bildet, werden wir in einer Rinne aus sandigem Schlamm hinüberfinden." Mirjam und Nuth verteilten die beruhigende Kräutermedizin. Die Prophetin sang mit ihrer glockenreinen Stimme:

„Wir beugen uns vor dir, oh großes Wunder. Schließ dein Himmelstor auf, und wir kommen hinüber. Sende ein Zeichen, Haschem." Und das Volk begann einzunicken.

„Seid ihr verrückt?“ Moses griff Mirjam am Handgelenk und hinderte sie daran, weiter Medizin zu verteilen. Er zerrte sie in die Dünen und drohte ihr:

„Uns bleibt keine Zeit mehr für Schlaflieder. Die A…Armee des neugekrönten Pharaos hat schnelle Pferde. Nachdem unsere Frist zur Rückkehr nach Memphis schon seit Tagen verstrichen ist, wird Merenptah uns längst verfolgt haben. Sie können jeden Moment hier eintreffen. Dann sind wir a…ausgeliefert.“ Nuth kam herbei und sagte:

„Lass sie jetzt ruhen, es sind Kinder und Alte dabei. Sie werden durch die Medizin gestärkt aufwachen, und so, wie Mirjam gesagt hat, heute Abend übers Meer fliegen. Vertrau deiner Schwester.“ Moses wandte sich ab. Wem sollte er vertrauen, wenn er nicht mal sich selbst mehr vertraute? Die Hebräer aber schliefen ein. Nur die ganz Zaghaften blickten noch mit schläfrigem Blick auf Moses. Der trug zwar die Lanze, zauberte mit ihr goldenes Licht, doch er haderte mit seinem Schicksal. Bald aber gab auch er nach, aß die Kräuter und fiel in einen kurzen Schlaf.

Am späten Nachmittag geschah das Wunder. Mirjam sah es zuerst. Sie hatte sich an Iokabeth gelehnt und die Augen geschlossen, als sie ein hohes Flirren vernahm. Sie öffnete die Augen und rief:

„Seht, seht doch, seht, wie er zu uns spricht!“ Dann sang sie: „*Sein Auge ist offen. Seht das Licht.*“ Sie wiederholte die Strophe, und nach und nach erwachten alle. Staunend nahmen sie das Flackern am Horizont wahr.

Der Himmel leuchtete mehr und mehr. Moses schlug sich mit den Händen auf den Kopf:

„Ich Irrsinniger, ich Verlorener, ich Ungläubiger – Jethro hat dies hier offenbart: einmal in tausend Jahren bildet der Wüstenwind ein Lichtspiel. Daraufhin zieht das Meer sich zurück."

Warum nur hatte er Jethro vergessen? Dann schrie er so laut er konnte:

„Er sendet das Zeichen, das Meer wird sich augenblicklich teilen! Hebe deinen Stab Aaron! Steht auf Leute und geht los!" Da raste ein silberner Streifen den leuchtenden Horizont entlang, ein Lichtkegel erhob sich über dem Meer und schoss in einem Leuchten auf sie zu, als würde er von dem Stab der Totenfresserin angezogen.

„Kraft ruft geheime Kräfte!", brüllte jetzt Aaron.

Das Licht, das ein silbernes Band über den dunklen Horizont zog, traf in die Spitze von Aarons Stab. Er wurde wie von einem Blitz durchzuckt, und der Stab flog über alle Köpfe hinweg, bis Mirjam ihn auffing. Wie von unsichtbarer Hand gelenkt, zog sich das Meer nach Süden weg, bis der felsige Meeresboden sichtbar wurde und eine breite Straße sich bildete.

„Gehen wir!", riefen Moses, Aaron und Nuth. Die ersten Mutigen hüpften freudig los. Der brausende Wind, der dem Licht folgte, drückte auch nach Norden die Wellen hinweg. Es war, als würde das Meer sich teilen.

„Vergesst, was hinter euch liegt. Geht los!", befahl Aaron und ritt langsam ins sandige Meer. Die Leviterinnen folgten ihm. Der Grund war fest und trug ihre Schritte. Die Berittenen und die Wagen folgten. Zuletzt kamen die Knaben. Die Anführer Moses und Mirjam bildeten den Schluss der Karawane. Moses Pferd geleitete sie, wie ein treuer Hund, der die Herde von hinten führt. Moses war glücklich, und Mirjam lachte ihm zu. Sie waren schon mitten im Meer, als der Mond aufging. Seine Strahlen leuchteten hell, spiegelten sich auf dem feuchten Grund, so dass eine weitläufige Gasse bis hinüber ans andere Ufer sichtbar wurde. Auf den Spuren dieses Wunders folgten sie dem Licht.

„Dem Wahn
verfallen sind diese Verrückten! Seht doch: Moses geht über das Wasser, sie haben Zauberkraft!“, rief der Anführer der ägyptischen Armee, als diese in der Dunkelheit das Meeresufer erreichte.

„Los, bevor es zu spät ist, metzeln wir sie nieder!“, befahl der Heerführer des neuen Pharaos, als er die Leviter weit draußen im Schein des Mondlichts übers Wasser schweben sah.

„Was diese Nomaden können, das muss das königliche Heer auch können“, sollen die stolzen Ägypter gerufen haben. Mit ungeheurer Wut und der Gier zu siegen rasten sie mit ihren Wagen den Flüchtlingen hinterher ins geteilte Meer.

Als die ersten Leviter das andere Ufer erreichten und zurückblickten, sahen sie das Heer der Ägypter in

Windeseile unterm Mondlicht herbeireiten. Ein Zittern breitete sich unter den Erstankömmlingen aus. Immer näher rückten die Verfolger. Doch kaum hatte Moses die letzten Frauen und Kinder ans Ufer gebracht und sein Pferd gestreichelt, zog sich das Meer zusammen. Haushoch türmte das Wasser sich auf, die Wellen stürzten zusammen und begruben die Armee des neuen Pharaos unter sich. Keiner der stolzen Ägypter konnte sich retten. Mirjam summte leise:

„Lasset uns dem Herrn singen, denn er hat eine herrliche Tat getan, Mann und Ross hat er ins Meer gestürzt.“ (2. Moses 15.21) Nach Memphis gewandt beugte sie sich vor der ägyptischen Wahrheitsgöttin mit den vier Flügeln. Diese großmütige Göttin hatte sie freigegeben für ihre Bestimmung.

Die Blicke der Mädchen hingen voller Bewunderung an Mirjam. Die Frauen nahmen sie auf ihre Schultern und sie tanzten.

Zu wild, dachte Moses, noch liegt ein weiter Weg vor uns. Als Nuth die Bäume anzapfte und die Harze sammelte, sie den Männern als das Blut der Bäume – ein berauschender Trunk – anbot, als alle sangen und tanzten, als Aaron ausrief: „Lasst uns unsere Befreiung feiern, lasst uns künftig ohne Befehle leben, ein jeder bete nach eigenen Gesetzen frei und laut, so wie er es möchte und zu wem er wolle!“, und als Mirjam mit hoher Stimme jubilierte:

„Verratet niemals das Geheimnis, nie die Zuversicht“, stand Moses abseits. Er dachte nach. Ihm fehlte etwas.

Dürstend
war der Stamm der Leviter auf der Suche nach einer Oase tagelang herumgezogen. Sie fanden weder zu essen noch einen Brunnen. Die Wüste Sur nahm sie wie mit ausgedorrter Hand in den Griff und zog sie langsam zu sich ins Eintönige. Als die Vielfalt des Lebens vor ihren Augen verdarb, erschien es ihnen wie ihr eigener Untergang. Die Vorräte waren verbraucht. Diejenigen, die noch vor kurzem Freudentänze aufgeführt hatten, begannen zu murren:

„Warum haben wir das Ägypterland verlassen, dort gab es viele Brunnen." Und andere maulten: „Was kümmerte mich einst das Götzengezücht der Ägypter? Wir hatten dort zu essen. Was suchen wir jetzt eigentlich?" Schließlich lagerten sie matt unter einem Felsvorsprung und wollten nicht mehr weitergehen. Ein kleines Rinnsal, das aus dem Stein tropfte, netzte ihre Lippen und hielt sie wach. Die ganze Nacht ging ein Jammern durchs Lager. Als das erste Kind ohnmächtig wurde und seine Mutter ein entsetzlich schrilles Klagelied anstimmte, kam ein Schwarm Wachteln angeflogen und setzte sich neben das Kind nieder. Ohne einen Laut opferten sich die Gefiederten den Speerspitzen der Leviter. Sie wurden im Feuer gegart, und alle aßen sich satt.

Niemals zuvor hatte sie ein so heller Tag begrüßt. Keine einzige Wolke, sondern ein weiträumiges transparentes Himmelszelt, tat sich über ihnen auf. Mirjam trällerte leise: *„Ihr wundersam Geretteten, folgt mir hinaus, haltet die Gebote der Ahnen.* ***Keine Plage wird sich auf euch legen, denn er, unser heimlicher Vorreiter sagte: Ich bin dein***

Arzt. *" (2.* Moses 15.26) Der Himmel schauerte gleißendes Licht herab. Die wenigen, die Mirjam folgten, waren auserwählt, ein vollendetes Naturschauspiel zu sehen. Auf den Steinen der Wüste lagen Perlen aus Tau.

„Es sind die Diamanten seines weitläufigen Palastes. Auch wenn er auf uns wie ein leerer Raum wirkt, sind wir darin willkommen und geborgen. Oh seht, die ihr Augen habt!", flüsterte Mirjam und berührte vorsichtig mit ihren Fingerspitzen die winzigen Glanzstücke. **Da wurden sie rund und klein wie Reif auf dem Lande.** (2. Moses 16.14) „Das ist Man, das Brot der Wüste. Es wird uns nähren und uns Kraft geben, unserer Bestimmung zu folgen." Verwundert sahen die wenigen Frauen, die sie begleitet hatten, Mirjam an und ahmten nach, wie sie aus scheinbarem Nichts Speise schöpfte. Bald schon kehrten die Sammlerinnen mit leuchtenden Gesichtern und Man zu den Lagernden zurück. Alle aßen davon und gewannen den Willen zurück, weiterzuziehen.

Unbeschreiblich blau leuchtete am späten Nachmittag vor ihnen der erste See mit süßem Wasser. Kraniche flogen darüber hinweg, als wären sie ein festes Band aus rötlichem Abendtau. Jetzt fürchteten die Leviter sich nicht mehr vor den langen Wüstenwanderungen, die sie noch erwarteten.

Frohlockend

hoch, voller Verheißung, klang ein weiblicher Ruf durch die Wüste. Zipora zirpte mit vollen Tönen: „Aalooaaa-loooaloah!" Sie sah vom Hügel ihres Ziegenhains ein großes Volk herbeiziehen, dem ein Mann mit einer goldenen Lanze wie ein freundlicher Hirte voranritt. „Moses", flüsterte sie und starrte gebannt auf die Fremden, die sich einer Herde gleich langsam an ihren fruchtbaren Hügel heranbewegten. Sie rannte los wie der Wind und hielt kurz vor Moses schwarzem Rappen inne. Er zog sie zur Verwunderung seiner Gefolgschaft aufs Pferd und herzte sie. Mirjam blickte siegreich lächelnd auf Nuth. Sie waren im Reich des Jethro und ihrer Brüder, der Keniter, angekommen.

Als sie in die gefestigte Siedlung von Midian gelangten und die vielen reichbeladenen Dattel- und Feigenbäume sahen, die schönen Gürtelstoffe der fremdartigen Träger bewunderten, die sonst nur Felle auf dem nackten Leib trugen, als sie die einladenden roten Häuser aus Wüstenlehm erblickten, überkam die Wanderer unbändige Freude. In der Mitte des großen Dorfes kniete Jethro mit Federn im Haar. Um ihn hatte sich ein Halbrund aus Männern der Keniter gebildet. Eine Opferzeremonie wurde ausgeführt, und eine Ziege lag blutig zu Jethros Füßen. Die eintreffenden Leviter schlossen ohne Zögern das Rund um den Priester, und die Frauen stellten sich in zweiter Reihe auf. Die beiden Hebräerstämme bildeten wortlos einen vollendeten Kreis. So wie es die Seher prophezeit hatten.

„Willkommen seid ihr“, grüßte Jethro die Angekommenen, brannte Weihrauch und Myrrhe, opferte und predigte singend:

„Errettet hat er euch vor des Pharaos Hand, Adonai, der größer ist denn alle Götter: darum, dass sie Hochmut an ihnen geübt haben!“ (2. Moses 18.11) Noch ehe Moses sprechen konnte, nahm Jethro dessen Hand und vermählte ihn mit seiner Tochter Zipora.

„Seid Mann und Frau, die ihr schon Mann und Frau seid“, sprach er laut vernehmbar. Und weil Vergessen die Tugend des Mannes ist, vergaß auch Moses in diesem Augenblick Tharbis und schloss das sanfte Wesen, das ihm so vertraut war, in seine Arme. Ihm war, als berührte er einen Engel, so leicht verging er vor Freude.

In Windeseile

vergingen die nächsten Jahre. Oftmals dachte Moses mit Sehnsucht zurück. Er sah das Leben des ägyptischen Hofes, Bint-Ananth und Tharbis vor sich. Er hatte Herzen gebrochen und fragte sich, ob er deshalb ein Sünder wäre. Dann wieder schaute er nach vorn, fühlte, dass seine Aufgabe noch nicht erledigt war. Die beiden Stämme weideten friedlich ihre Herden. Die Leviter bauten sich Behausungen neben ihren Brüdern. Eines Tages stieg ein gewaltiger Rauch aus dem Berg Sinai auf. Er spie Lava. Moses vernahm in seinem Herzen die Stimme des Feuers aus dem Berg, so wie er sie einst zuvor aus dem brennenden Dornenbusch am Rande der Wüste vernommen hatte:

„Ich will mit dir reden, unsere Zwiesprache soll ungestört sein. Mache ein Gehege um den Berg Sinai und sprich zum Volk, dass es nicht auf den Berg aufsteigt noch seine Erde anrührt, wer sie anrührt, soll des Todes sterben.“ (2. Moses 19.12) Moses machte sich umgehend an die Arbeit. Mit Hilfe seines Schwiegervaters baute er einen Zaun, der den Anstieg zum Berg abriegelte. Sie waren gerade fertig geworden, als Mirjam wie aus dem Nichts erschien. Merkwürdig, dachten die beiden Männer. Mirjam hob die Hände hinauf zu der speienden Aschewolke. Moses sah ihr zu – sie glich einer Erscheinung. Rot leuchtete ihr Gürtel auf ihrem schwarzen Gewand. Sie war schwanger und wirkte wie eine seltene Blüte in der felsigen Landschaft vor dem Sinaiberg. War seine Schwester auch an den Fuß des hohen Hügels gerufen worden? Wollte Haschem auch mit ihr sprechen?

„Großer Blender, im heiligen Berg lebendes Feuer, ich komme, um dich zu umarmen und mich dir ganz hinzugeben“, sprach sie ohne die Männer wahrzunehmen. Sie störte jedoch die Stille von Moses. Er gab sich gerade seinen Erwartungen hin.

„Sie ist ein Weib und auch noch hochschwanger, sie kann nicht wissen, wie gefährlich es hier für sie wird. Weit weg von der Gemeinschaft der Frauen“, sagte sich Moses leicht verärgert. Jethro aber ging von dannen, er wollte sich nicht einmischen in das, was unter Geschwistern ist. Moses näherte sich langsam ihrer wie in

Trance versunkenen Gestalt. Aus dem einen ihrer Augen strahlte Weisheit, aus dem anderen meinte Moses Überlegenheit zu erkennen.

„Geh hinweg, Schwester, das hier ist nichts für dich. Ich muss hinauf, um mit unserem Geheimnis zu reden, um seinen Willen dem Volk zu überbringen."

„Moses", antwortete sie und schaute weiter auf den Berg, „ich habe dir damals vorausgesagt, dass du über dem Wasser schweben wirst. Aber noch haben wir die Stätte unserer Seele nicht erreicht. Aaron predigt von einer großen Stadt, die wir im gelobten Land errichten müssen, und dass wir darin wohnen sollen. Die geheimnisvolle Stätte des Friedens und der Freiheit soll Jerusalem heißen", und wiederholte in hohen Tönen: *„Jerusalem. Langersehnte Heimat."* Sie ging auf Moses zu und sprach: „Dort wird Geist zu Mauerwerk und Gegensätzliches wird sich einen. Moses, schicke mich nicht fort, ich will mit dir hinaufgehen, um seine Stimme zu vernehmen."

Moses haderte mit sich. Wie sollte er ihr erklären, dass eine schwangere Frau nicht mit ihm hinauf auf den feuerspeienden Berg Sinai gehen kann? „Mirjam, du kannst nicht mitkommen. Du weißt, **wenn ein Mann ein schwangeres Weib zu Schaden kommen lässt, so wird er lassen müssen Hand um Hand, Fuß um Fuß, Brand um Brand, Wunde um Wunde und Beule um Beule."** (2. Moses 21.24) Da drehte Mirjam sich um und entschwand. Träumte er? Er blickte um sich, doch sie war nirgends mehr zu sehen. Doch hörte er ihren lieblichen Gesang in der Weite verklingen.

„War sie tatsächlich nur Sinnestäuschung und bin ich verwirrt? Wer prüft jetzt meine Wahrhaftigkeit?“, fragte er sich.

Donnernd

tönte die Stimme. Moses war außer Atem. Er hatte den hohen Gipfel fast erreicht und blickte schon in ein hervorspeiendes Feuer, als er „Höre“ vernahm. Er hörte hin: ein Zischen, ein Flackern, ein Knistern; und je mehr er hörte, je mehr hörte er: „Höre!“

„W…was soll ich denn hören!?“, schrie er.

„Höre.“ Er strengte sich an, aber er verstand nichts weiter. Da sprach die Stille aus der Unendlichkeit: „Achte auf die Bedeutung hinter den Worten.“ Gebannt, ohne zu essen, ohne zu trinken, denn er atmete Wasser aus der Luft und Festes aus dem Staub, versuchte er zu begreifen. Aber er hörte nichts mehr.

Stand er längst von Angesicht zu Angesicht mit dem Unaussprechlichen, ohne auch nur das Geringste zu sehen, zu wissen, zu hören oder zu spüren? Er blickte in die Endlosigkeit des Himmels. Ins Ewige. Wie eine weiße Leinwand tat sich seine Verlassenheit auf, darauf erschienen seine Sünden in bunten Bildern ohne Klang. Nadelstiche in seinem Herzen.

„Es muss doch eine Rettung geben vor dem eigenen Tun!“, flehte er tonlos. „Gebote, Ordnung und Anweisungen.“ In seinem Inneren tobte es. „Wo ist die Stimme, die zu mir spricht?“ Doch irgendwann hörte die

Vergangenheit auf, ihm ihre Bilderflut aufzudrängen. Stumm und gedankenlos weilte er in der Bergeinsamkeit. In diesem Moment vernahm er deutlich:

„Ich bin, der ich bin." Dann wiederholte die Stimme mit verlagerter Betonung:

„Ich bin der …, ich bin
kein Götze,
nichts Äußeres, kein Name,
ich bin siebenfacher Rhythmus,
bin in den Ahnen,
bin gewaltlos,
bin treu,
bin zufrieden,
bin wahrhaftig,
bin ohne Begierde nach weltlichem Glanz."

Moses schien, als hätte er die Worte selbst gesprochen. Er zweifelte an seinem Verstand. Es ging nicht mit rechten Dingen zu. Wer sprach? Wer, wenn nicht er selbst, und wer war dieses Selbst? Er kniete sich hin, blickte ins Feuer und fragte leise:

„Was soll ich tun? Ich bin nicht, der ich bin. Ich bin nicht, der ich zu sein scheine. Ich habe gefehlt. Ich kann meine Ahnen nicht verehren, da sie unter sich zerstritten und uneins sind. Ich bin nicht gewaltlos, ich habe den Wächter getötet. Auch bin ich Tharbis gegenüber treulos, davor habe ich auch Zipora nicht die Treue gehalten, denn ich musste meiner Aufgabe gerecht werden und das Volk führen."

„Das ist nur dein Empfinden. Ich bin die Stimme, unberührt von menschlichem Versagen. Vergiss und folge mir. Wenn du das nicht bedingungslos kannst, **dann büße und suche mich weder unten noch oben, weder im Himmel noch auf Erden, auch nicht im Wasser!** (2. Moses 20.4) Meine Gebote sind der Samen des unvergänglichen Geistes. Zehn an der Zahl. Empfange sie und trage sie in die Welt", erklang die Antwort auf seine Fragen aus der Weite des Alls.

Moses wurde bewusstlos und schlief sieben Tage lang. Sechs Tage lang träumte er:

„Ich bin, der ich bin, bin Adonai, der dich beherrschen kann, aber ich wohne nicht nur in den Dingen, sondern bin auch der Vorausschauer sämtlichen Geschehens. Du sollst dir kein Bildnis von der gelobten Stadt Jerusalem machen. Du kannst nicht vorhersehen, was Mirjam sieht. Sie ist ein Weib, Mutter und Prophetin. Schlafe sieben Tage, dann werden deine Ahnen durch mich sprechen. Tue keinem ein Leid an. Begehre nicht. Nichts gehört dir je, weder das Ägyptische noch das Hebräische, und auch nicht die Gedanken eines anderen. Brich niemals einen Schwur, denke nie schlecht über andere und folge deinem inneren Ruf in die Freiheit.

Am siebten Tag schlief er traumlos, und als er wieder erwachte, sagte er schlicht: „Jetzt bin ich, wie ich bin, und will nach der inneren Stimme handeln. Auch meine Ahnen folgten ihr." Moses versuchte nicht mehr zu begreifen, nur sich zu merken, was er vernommen hatte. Er würde alles niederschreiben müssen. Er sagte die zehn Gebote zunächst noch einmal hintereinander auf, wobei er das erste zweimal sprach. Damit hatte er das Geheimnis des Unaussprechlichen deutlicher als nötig ausgesprochen. Sein Abstieg aus dem Jenseitigen begann. Er stieg hinunter in die Welt, zurück zu den Dingen.

Aufblitzendes

Licht durchzuckte Mirjam. Sie hörte:

„Yehova-Jawe, ich bin, der ich bin."

„Wer bist du und was bist du alles?", flüsterte sie und schmiegte sich an die Böschung nahe einem kleinen Bache, der nur rechts und links neben seinen Ufern das weitauslaufende Wadi mit Fruchtbarkeit segnete. Mirjam war wie ein vollkommener Kreis, denn ihr Leib glich einer Kugel.

„Ich bin das, was in dir wächst, kein Geist, sondern dein einstiger Geliebter, der dein künftiger Sohn wird. Ich bin in dir als alles verwandelnde Liebe. Du musst nicht außen nach mir suchen und dir Bildnisse von mir machen, deine Begierden zergehen natürlich und doch geheimnisvoll. Ruhe in Zyklen, huldige sieben Rhythmen im Tanz. Sei ehrfürchtig im Umgang mit deinen Ahnen. Ihre Taten werden in den Nachkommen fortbestehen und nicht ausgelöscht werden. Tue keinem Lebewesen etwas zu leide, oder stiehl das Brot deiner Kinder."

Während Moses sich hoch oben auf dem Berggipfel kasteite, sang über Mirjam eine Stimme mit Engelszungen. Dabei klangen die Worte weder nach Geboten noch Verboten, sondern nach dem Rat der Weisen. Mirjam konnte das kosmische Gemurmel einordnen, denn sie sah im Feuer das Wasser und im Wasser die Erde und in dieser wiederum die Pflanzen. Und sie war, weil sie sich von den Pflanzen nährte. Also war sie auch Blume. Sie erlebte in diesem Augenblick alles in Einem. Voll des Mitempfindens, spürte sie die anderen in sich und sich in den anderen. Blickte sie in einen Wassertropfen, fühlte sie ihr Wesen darin, ihre Fruchtbarkeit, ihre funkelnde Freude. Mirjam verstand, dass das Leben älter war als das, was lebte, dass Schönheit unvergänglicher war, als was die Strahlen der Sonne an diesem Morgen verschönten. Sie lehnte sich an eine alte Korkeiche und lauschte dem Gesang, der immer neue Worte fand, Verheißungen wiederholte. Es waren Beteuerungen, die denselben Gedankenursprung hatten wie auch jene Worte, die Moses als Stimme Gottes zur gleichen Zeit weit oben in den Bergen des Sinai hörte:

„Ich bin, der ich bin … und du bist Lebensspenderin,
Abbild der göttlichen Kraft als Gebärende,
du lässt dich nicht vom Wahn verführen,
empfängst Fruchtbarkeit in Zyklen,
bringst die Ahnen zurück,
tötest nichts willentlich,
dringst nicht in die Gemeinschaft von Liebenden ein,

du willst die Erde nicht besitzen, sondern sie genießen, wie du alles genießt, ohne es zu behalten, so dass du nicht zur Diebin wirst,

du bist deinen Schwüren treu,

verleumdest nicht die Schönheit, die überall wohnt."

Mirjam fiel in eine Trance. Nuth fasste sie fest am Arm und zog sie zu sich herauf.

„Es ist Zeit für die Geburt, komm mit ins Dorf. Das neue Leben drängt aus dir."

„Nuth", flüsterte Mirjam, „ich gebäre gerade den heiligen Geist, so höre mein Lied. Nuth, Geliebter, merke dir darin die zehn Gebote, sie kommen von den Engelsstimmen. Dies sollen auch unsere Kinder einmal singen können." Als Mirjam behutsam von Nuth am Arm des Weges geführt wurde, summte sie leise vor sich hin. Zehnmal wurde die Melodie von einem lauten, rhythmischen Stöhnen unterbrochen, dabei schwor sie nach jeder Wehe einen neuen Eid. So lauteten die ersten sechs verheißungsvollen Strophen:

„Haschem, ich bin alles und nicht das Eine!

Frauen, lasst uns alles heiligen und uns vor allem Leben niederwerfen, denn alles ist das Abbild Adonais.

Wir gebären in Zyklen, also lasst die Männer daran teilhaben und ihre Unabhängigkeit am 7. Tag, dem Sabbath, feiern.

Lasst uns voller Liebe für unsere Mütter und Väter sein und unsere Tradition ehren.

Das Leben geben wir, um das unseres Kindes zu schützen.

Treu lasst uns sein, um die Familie zu bewahren, und

achtungsvoll für jene, die sich liebend banden." Mirjam fiel auf den Boden und der Muttermund öffnete sich. Nuth sah das Haar des neuen Kindes zwischen ihren Beinen glänzen. Er setzte sich hinter Mirjam und drückt mit ganzer Kraft gegen ihren Rücken, als sie frohlockte: „Es kommt!", dann stammelte sie im Singsang:

„*Besitzlose Nomaden wollen wir bleiben, nichts gehört uns je, alles gehört der Erde. Unsere Kinder geben wir ihr hin. In ihnen ist es, und außerhalb von ihnen ist es. Haschem.*"

Es folgte ein gellender Schrei. Nuth legte Mirjam das Neugeborene in den Arm, und sie flüsterte:

„*Tanzend und singend in fröhlichem Reigen ziehen wir weiter und lassen die Wahrheit unbenannt.*"

Kaum war der Engelsgesang von ihren Lippen verklungen, stand sie auf, um gemeinsam mit Nuth in ihr Dorf zurückzugehen. Auch dieses Kind, wie all ihre anderen Kinder, würde sie in die Obhut von Iokabeth geben.

Funkelnd

wie ein Saphir und blau wie die Gestalt des Himmels, wenn er klar ist, so sahen die Lebewesen unter den Füßen Adonais stehend die Welt. (2. Moses 24.10) Moses hatte Aaron, Nuth und die siebzig Ältesten der Stämme hinauf auf den Berg Sinai geführt. Sie erblickten in einer Vision das gelobte Land und sahen es durchwirkt von der göttlichen Kraft: Es lag vor ihnen in seiner Unendlichkeit und war doch erfassbar als die Heimat.

„Hier seht die Tafeln, auf die ich die Gebote schreiben werde. Sind sie fertig, werde ich sie euch hinunterbringen. Bis dahin wartet auf mich. Aaron soll derweil das Volk führen." Moses hatte mit kräftiger Stimme gesprochen. Er blieb allein auf dem Berg Sinai zurück. Die Männer stiegen hinunter. Moses schaute ihnen nach und dachte bei sich: „Mit den Tafeln der Gebote werde ich das Volk Israel aus der Dunkelheit ins Licht führen können. Ich werde ihr Meister sein. Ein Weiser, der sie ins gelobte Land führen kann. Die Wahrheit Adonais zeigt sich und seine Worte werden zur Wirklichkeit, wenn sie niedergeschrieben einmal auf Tafeln vor dem Volk stehen!"

Doch als er endlich fertig wurde mit dem Aufschreiben der hebräischen Buchstaben, wobei jeder einzelne ein Gleichnis bildete und zu einem Gemälde wurde, hatte er ein Bildnis von der Botschaft des Unaussprechbaren geschaffen. Und als er die Botschaft überbringen wollte, als er mit seinen Erkenntnissen andere belehren wollte, wurde Moses, der Gesandte des Höchsten, zum Bekehrer. Zum Weltverbesserer.

Damit begann erneut sein Abstieg in die Welt der Dinge. Mirjam hingegen hatte die Stimme, die sie hörte, ihre Begegnung mit dem Namenlosen und die zehn Gebote, die sie vernommen hatte, verinnerlicht, denn sie war des Schreibens gar nicht mächtig. In ihr wurden die gottgegebenen zehn Anordnungen zur Melodie des Lebens.

Ehrfurchtsvoll hatte mittlerweile der vereinte Stamm sich in scharlach- und rosinenrote Seide gekleidet und mit Ziegenhaar geschmückt. Ihm, dem ungenannten Wunder zum Bunde hatten sie die Bundeslade erbaut, so wie Moses es ihnen durch Aaron vorgetragen hatte. Fertig stand sie im Glanz der Sonne. Moses würde, wenn er überhaupt noch käme, seine Gesetzestafeln dort hineingeben; so jedenfalls hatte es geheißen. Wenn er denn käme. Aber Moses kam nicht. Das wartende Volk jedoch wollte endlich feiern.

Aaron hielt eine Rede:

„Noch ist es nicht soweit. Doch werden wir die Stätte der Freiheit und des Friedens im gelobten Land erreichen und dort eine Stadt bauen und sie Jerusalem nennen. Wir werden in ihr unsere Ängste vor der schrecklichen Wüstensonne verlieren und müssen auch keinen Wüstenstürmen mehr trotzen. Wenn wir uns nicht mehr vor dem Unbekannten fürchten müssen, alles vertraut wird, dann werden wir auch in der inneren Heimat angekommen sein."

Mirjam nahm das Amulett ihres kleinen goldenen Kalbes, das sie von Bint-Ananth geschenkt bekommen hatte, von der Halskette. Sie stellte das kleine goldene Tier mit Rubinen als Augen und einem Smaragd als Schnauze, zwischen die beiden Cherubinen auf der Bundeslade. Dann stimmte sie in hohen Tönen einen Gesang an:

„Ungeteilt soll sie sein, die große Stadt, die wir erbauen. In ihr wird Eines in Allem sein. Lasst uns Alles auch in dem Einen

sehen. Die ganze Welt soll sich in unserem zukünftigen Jerusalem spiegeln, und als wäre die von uns gedachte Stadt ein reiner Kristall, so sollen sich in ihr tausenderlei Gedanken widerspiegeln können, tausenderlei Gläubige unterschiedlichster Art sollen in ihrer Verschiedenheit sich einfinden und beten. Jeder soll sein Opfer darbringen. Lasst sie die vielen Namen ihrer vielen Götter hinausschreien, lasst die Blinden und die Gehörlosen kommen und erwachen. Erwacht und steht auf, ihr Schläfer! Eine ganze Stadt leuchtet vor euch. Du wohnst in ihr, **Adonai, du bist herrlich, Licht ist dein Kleid, und du erneuerst die Gestalt der Erde.** *(Psalm 104) In der juwelenbestückten Kammer meines Schlafes aus Weihrauchduft empfing dein Auge mich. Öffnet, öffnet das Torschloss, jetzt. Erwachet ihr Frauen, ihr Männer, mit keinem Namen können wir ihn rufen. Er, dessen Namen ungesagt bleibt, dessen Stadt in unserem Herzen liegt, einem verborgenen Ort, der sein Geheimnis selbst hütet. Gelobt sei Jerusalem. Wir werden das Innerste nach außen bringen mit den Häusern unserer heiligen Stadt. Sie ist der Plan, von dem wir längst Teil sind. Niemandem kann sie gehören, keiner soll sagen, sie ist mein. Diese Stadt hat keine Grenzen, kennt keine Mauern, sondern kann alles umfangen und das Unaussprechbare beherbergen. Haschem.“*

Rahasya war in ihren Herzen. Und sie tanzten, sangen und feierten – sie waren bereit zum Aufbruch.

Maria, die Heilerin

Alle Wasser laufen ins Meer, und das Meer wird nicht voller; an den Ort, da sie beginnen, laufen sie wieder hin. (Prediger 1.7)

Die Verkündigung 1

Es erzählen Engel, Taube, Jakob und Anna abwechselnd.

Zurückschauend,

seit Urzeiten schon, blicken wir durch die Jahrtausende hindurch und sehen das Vergangene als das Wiederkehrende.

*Die Prophetin von einst, die auf langen Wüstenwanderungen vor Krieg, Neid und Habgier gewarnt hatte, die mit unseren Engelszungen über der Sterne höherer Ordnung sang und aus Barmherzigkeit sich selbst vergaß, die leichtfüßig und ohne irdische Lasten ihren letzten Weg zu uns fand, soll als Maria auferstehen. Einer von uns Engeln umgibt sich mit blauschimmerndem Licht und erscheint als Gavri-el vor Anna in schrecklich schönem, weltlichem Gewand. Er flüstert: **„Fürchte dich nicht, du hast Gnade bei Gott gefunden und wirst schwanger werden im Leibe.“**(Lukas 1.30-31) Sein Engelswort ist sogleich weiblicher Winzling in Keim und Zelle. Gebären schafft Unsterblichkeit. Es vollendet den Zyklus. Wasser kehrt zurück. Ihr dürft jetzt einen Blick auf die heranwachsende Madonna und auch aufs Ewige riskieren: Hört!“*

Zufrieden
steckte ich meinen Schnabel ins Gefieder. Der helle Streifen zwischen Gebirge und Himmel hatte verkündigt: es würde Tag werden. „Gruuh, gruuh“, sang mein Vogelherz und meinte damit „abwarten“. Ria würde nach einer Weile durch die vielen Gestalten, die dort unten beschäftigt waren, wie ein Schwan hindurchgleiten. Noch verbreiteten die Umtriebigen ein „Schschschu, Schschschu“ mit ihrem Fegen, bewegten unentwegt die Hände, als wollten sie die Düsternis fortkehren, noch herrschte Unruhe, aber bald würden die Nachtlampen gelöscht und es würde ruhiger sein, dachte ich wie jeden Morgen und spürte die Wärme der aufgehenden Sonne. Ich reckte meinen Kopf ins rosarote Himmelsgewölbe. „Gruuh“, ließ ich kurz vernehmen. Das bedeutete „aufgepasst“. Das Morgengebet der Priester aus dem Vorhof erschallte. Ich wartete darauf, dass Ria erschien. Wo blieb sie heute nur? Sonst um diese Zeit hüpfte sie die Treppe hinab, übersprang Stufen, und glitt dann gemächlich durch den Innenhof auf den größten unter den Männer zu. Wir hatten eine geheime Verabredung. Wenn Ria still neben dem Hohepriester stand, setzte ich mich zärtlich auf ihr Handgelenk, bedacht, sie nicht mit meinem Vogelkörper zu belasten. „Wie sie zu mir herab sieht und mir zu verstehen gibt, dass sie mich mag, mit Augenzwinkern, mit der Neigung des Halses und ihrem wippenden kleinen Zeh – ach je, diese Innigkeit, wie sie es nur unter uns verwandten Seelen, uns Flügelträgern gibt –, wo ist sie heute?“

Mit der zunehmenden Hitze suchte ich die tieferen Plätze auf und meine Flügel trugen mich in eine schattige Mauerritze beim Badeteich. Dort stillte ich erst einmal meinen Hunger mit ein paar fetten Käfern. Gesättigt spähte ich zum Teich hinüber. Doch an jener Stelle, wo Ria, um sich von der Glut der hochaufgestiegenen Sonne abzukühlen, immer mit den anderen Tempeljungfrauen planschte, war sie nicht zu sehen. Ich lauschte den Mädchenstimmen. Rias glockenreine Stimme war nicht darunter zu vernehmen. Merkwürdig. Ach, wie sie sonst aus dem Wasser stieg und ihre Arme wie Schwingen hob, ich sie dann verliebt umflog, mich auf die nassen Schultern setzte – wo war mein Mädchen? Ria war die einzige der Erdgebundenen, die mich verstehen konnte. Ich wusste es, weil sie mein Federkleid mit einem sanften Druck in die richtige Richtung kraulte, dabei ihrer Hand ein zärtliches Prickeln hervorrief, wenn ich ihr Geheimnisse durch mein Kopfschaukeln mitteilte. Es wurde schrecklich heiß. Unruhig und besorgt stieß ich mehrmals „Grrrruuuuh“ hervor. Was war los?

Im Tempel hatte ich Aufgaben und wurde als Prophet verehrt. Für die unlösbaren Entscheidungen lockten mich die Gelehrten mit schmackhaften Körnern herbei. Kaum saß ich zutraulich auf einem Menschenarm, wurde ich in die Luft gescheucht. Und während ich verstört grummelte: „Ruuh, Ruuh, Rugudigu“, riefen die Pharisäer sogleich: „Ruah, der Heilige Geist, hört nur, Ruah spricht durch die weiße Taube!“ Setzte ich mich in meiner Aufregung wieder auf einen der Versammelten, umringten sie jenen freudig und riefen: „Ruah hat dich auserwählt!“ Sie nannten es das Gottesurteil. Ich verstand ihr Denken nicht und fand ihr Handeln unbedacht. Was mussten sie mich herumjagen, bis mir das Herz klopfte und ich Halt brauchte? Aber so hatte ich Wohnrecht in ihrem Reich, flog im Allerheiligsten des Tempels umher und bekam köstliche Leckerbissen.

Das Spiel zwischen Hell und Dunkel verging mehrmals. Jeden Morgen wartete ich, aber Ria blieb nirgends auffindbar. Wie erleichtert war ich, als ich sie endlich im Frauenbad wieder erblickte.

„Sie muss den Tempel verlassen, sie ist kein Kind mehr“, klärte mich ein keckes Weibchen aus meiner Gefolgschaft auf.

„Wieder geht eine Jungfrau und wird durch ein anderes Kind ersetzt. Aber keines wird wie Ria sein.“ Jedes Gurren blieb in mir stecken. Schade, dass ich mir den Schmerz nicht von der Seele zwitschern konnte, so wie die Singvögel.

Zwei Wochen später versammelten sich die prächtigsten Männer aus den zwölf Stämmen, um zu entscheiden, wer unter ihnen die Tempeljungfrau Ria in seinen Klan aufnehmen durfte. Da beschloss ich, das Gottesurteil zu meinen Gunsten zu beeinflussen. Ich wählte Joseph aus Nazareth für sie als Beschützer aus, indem ich mich auf seine Schulter setzte und das kleine goldene Stäbchen, welches der Hohepriester unter die Körner gemischt hatte und das ich aufgepickt hatte, so fallen ließ, dass es sich in seinem weißen Bart verfing.

„Ach, der Joseph! Der Geist hat es entschieden!“, riefen die Priester. Die Vertreter der anderen Stämme gingen leer aus. Ich traf das Urteil deshalb eigennützig, weil mein Turteltäubchen, die Liebste unter meinen Liebchen, mit der Karawane Josephs nach Nazareth ziehen wollte.

„In Josephs Haus will ich das Nest bauen und Eier legen und auch unsere Entschlüpften dort behütet großziehen.“ Warum sie von dem Patriarchen aus Nazareth so beeindruckt war, konnte ich nicht verstehen. So sind die Täubchen eben. Unberechenbar und undurchschaubar. Dieses Turteltäubchen hatte immer von der Ferne geträumt und war wild entschlossen, sich Joseph anzuschließen. Ich wünschte mir, und das hatte meine Wahl beeinflusst, dass meine Kinder in der Nähe von Ria aufwachsen würden.

Und als der Patriarch Joseph Ria zärtlich auf sein Maultier setzte und ihre nackten Füße vorsichtig in die Steigbügel führte, kreiste ich über ihnen. Ich ahnte, dass Federn auf Rias zartem Rücken versteckt sein mussten, nur wusste sie nicht, wie sie diese öffnen konnte. Ich würde ihr eines Tages die Freude des Fliegens zeigen, schwor ich.

„Täuberich, zieh deine Schwingen ein und bleibe dem Hohepriester des Tempels treu, dessen Herz sich nun nur an dir erfreue“, rief Ria mir ausgelassen zu.

„Ruuh ruuh rugudigu“, antwortete ich, meinte dabei, Ria, meine Barfüßige, hasst die Schuh, und sah mit weiser Hellsicht voraus, dass diese Prinzessin – ich nannte sie so, denn sie war ein höchst ungewöhnliches

Menschenkind – sich eines Tages mit mir, einem Federträger, friedlich in die Lüfte schwingen würde. Ihr schmachtender Blick, mit dem sie mir nachsah, offenbarte eine verheißungsvolle Zukunft.

Leichtfüßig

trat sie damals in unser Haus in Nazareth ein, lachte gurrend wie ein Vögelchen und liebäugelte mit uns, den beiden ältesten Söhnen des Joseph. Myrrheduft aus den geheimnisvollen Hainen der Beduinen verbreitete sich. Der Boden verschwand unter meinen Füßen. Es war der Anfang meines Strebens, in unbekannte Reiche vorzudringen. Vaters Worte holten mich zunächst in die Wirklichkeit zurück:

„Jakob, Jose, das ist eure neue Ima. Ruft eure anderen beiden Brüder." Ich war sprachlos. Wie sollte dieses zarte Mädchen – gerade so alt wie ich, oder nein, sie war jünger – unsere neue Mutter sein?

Mein Vater sah ernst aus, folgte ergeben diesem Wirbelwind, der wie selbstverständlich auf unsere Mezuzah, unseren nach Jerusalem ausgerichteten Talisman, der im Mauerwerk am inneren Türpfosten eingebettet war, zusteuerte, kurz innehielt, als würde sie unsere Gebete kennen, und die Mezuzah dann küsste. Graziös setzte sie sich auf Vaters hohen Stuhl, über dem die Schriftrolle hing, in welcher die Namen unserer Ahnen verborgen waren, und lächelte uns an. Es schien mir, als sei in ihrer Gestalt unsere mysteriöse Prophetin Mirjam zurückgekehrt. Nur sang sie diesmal nicht. Vater rüttelte mich an der Schulter: „Jakob“, rief dann nach meinen jüngeren Brüdern: „Judas, Simon!“ schallte es durchs Haus. Kaum waren wir versammelt, sagte er mit mahnendem Blick:

„Hört gut zu, bei uns wohnt ab heute eine Tempeljungfrau. Ich habe sie aus Jerusalem mitgebracht und mich verpflichtet, ihr in unserem Haus Schutz zu gewähren. Ich werde sie wie ein Kleinod umhegen und sie Ria nennen, Ihr müsst sie als Ima Ria ansprechen.“ Simon, unser Jüngster, plapperte begeistert: „Ima, Ma Ma Ria.“ So nannten wir sie Maria.

Kurz nach der ersten Begegnung begann ich über sie zu schreiben. Meine Schriftrollen mit meinen Liebesgedichten und den Ereignissen über ihr Leben wurden aber später verbrannt. Die einflussreichen Männer um Immanuel, den erstgeborenen Sohn, drängten der Welt ihre Version der Geschichte auf. Dabei stand ich Immanuel von allen Menschen am nächsten. Warum, das wird diese Geschichte zeigen, die ich heute, friedlich vereint mit Maria, am Nachtigallenberg erneut zu schreiben beginne.

Aber zurück zu damals. Bevor sie und ich unseren ersten Blick austauschten, saß sie auf dem für sie viel zu hohen Stuhl und ihre Füße baumelten unter einem purpurroten Leinenrock hervor. Ich betrachtete zunächst die perlweißen, mit Ringen geschmückten Zehen, schaute dann verlegen auf ihren glänzenden Hals, der mich an einen Schwanenhals erinnerte, fasste Mut und sah ihr in die Augen. Da wärmte mich ein freundlicher Glanz. Dabei schnippte sie spielerisch die Finger, und eine Taube flog ihr zutraulich auf die linke Schulter. Ich konnte gerade noch sehen, wie sie ihre Lippen spitzte und dem Tier zuschnäbelte, als Vater uns aus dem Raum schob. Ich dachte erschreckt: Niemals wird sie hierbleiben, in diesem Käfig – denn so wirkte unser Haus plötzlich –, sie wird fortfliegen.

Aber auf einmal war die Leere, die sich nach Mutters Tod in unserem Haus ausgebreitet hatte, verschwunden. Die Tränen, die mir so oft über die Wangen geflossen waren, wenn ich allein in einem Eck des Hauses gesessen hatte, blieben aus. Das Lächeln dieses Mädchens erfüllte noch die hintersten Winkel des Hauses. Es bewegte seine langen Kopfschleier hinter sich her wie die gefalteten Flügel eines Schmetterlings. Unsere Magd servierte ihr Speisen, die sie mit einem flüchtigen Streifen der Hand ablehnte. Ich wusste nicht, wann und wo die schöne Jungfrau aß, denn nie saß sie mit uns am Tisch. Sie erfüllte mein gesamtes Denken mit Neugier.

Eines Morgens spähte ich durch die Ritze in der Tür in den Badehof der Frauen und konnte sehen, wie langes dunkelbraunes Haar um die Rundungen ihres nackten Leibes floss. Ihre Haut schimmerte und ihre kleinen Brüste standen unter der Lockenpracht hervor. „Maria“, flüsterte ich. Und kniete nieder und betete voller Hingabe aus meinem von den Stürmen des Lebens noch unberührten Herzen.

Sie war kaum einen Monat bei uns, als Vater mit dem Aufbau eines neuen Dorfes beauftragt wurde. Es sollte im feindlichen Gebiet des Amanaberges entstehen.

Vater war als Zimmermann weit über Nazareth hinaus bekannt. Er würde viele Monate fort sein.

„Jakob, du bist für Maria und deine jüngeren Brüder verantwortlich", sagte er beim Abschied. Ich nickte stumm und erschreckt. Und lauerte fortan auf jede Gelegenheit, Maria heimlich zu beobachten.

Eines Morgens sah ich sie in den Innenhof laufen. Ich folgte ihr, versteckte mich hinter einem Kübel mit einem blühenden Oleander und spähte in den Hof hinein. Zu meiner Überraschung sprach Maria, einem Lichtstrahl zugewandt, mit hell klingender Stimme eigenartige Dinge:

„Ihr Staubkörnchen, seid ihr lebendig oder tot? Könntet ihr euch nicht einmal zusammenschließen und euch in vollendeter Gestalt offenbaren? Zeigt euch doch einmal ganz!" Tatsächlich schien das Licht ihr zu antworten, denn sie horchte, redete wieder, lauschte und tänzelte auf unsere Mosaikwand zu. Tausende von Glasscherben, Perlen und Goldplättchen reflektierten die Morgensonne. Maria drehte sich vor der Spiegelung, blieb plötzlich stehen und sah erstaunt auf die Wand. Ihr Ausdruck ließ mich erraten, dass sie etwas Ungewöhnliches wahrnahm.

„Ihr erscheint etwas", flüsterte ich. Tatsächlich hörte ich einen flirrenden Ton, fühlte aus der mittäglichen Hitze eine Gestalt heraustreten, die sich Maria zuwandte. Es war ein Mann. Das Salz von der Haut eines muskulösen Beduinen drang in meine Nase. War er nackt? Wie war er in den Innenhof gekommen, der inmitten unseres verschlossenen Hauses lag? Phantasierte ich, als ich

Flügel sah? Vielleicht war es ja nur eine lange Haarmähne, eine solche, wie sie die Männer der Kedarstämme in der syrischen Wüste trugen, bevor sie in den Rang der Berater aufgenommen wurden. Meine Finger drängten danach, heimlich das männliche Wesen zu betasten. Gewiss war er ein Nomade, der sich eingeschlichen hatte. Dann wieder wollte ich nach dem Stallknecht rufen, vielleicht drohte Maria Gefahr. Sie drehte sich von der Spiegelung auf der Wand weg und begann mit grazilen Schritten zu laufen. Wie leicht sie die Füße im Kreis abrollte, auf einmal ein Tamburin zur Hand hatte und sich geschwind wirbelte. Halluzinierte ich, war ich noch bei Sinnen, oder musizierte tatsächlich eine Lichtgestalt auf der Leier? Ich war so berauscht, dass ich mich vergaß und aus meinem Versteck hervor in den Innenhof platzte. Maria stand ruhig vor mir, ihre Augen glichen einem klaren See, und von einem Mann war nichts zu sehen. Ich schämte mich, wie ein Tollpatsch vor ihr zu stehen, drehte mich um und erwachte in diesem Moment aus dem Mittagsschlaf. Mit schweren Gliedern fand ich mich an der Hauswand, die den Innenhof abgrenzte.

Maria hatte mich verzaubert. Sogar die kleinen Fussel in der trockenen Luft machten mich eifersüchtig, weil sie sich auf ihre Haut legen konnten, während mir jegliche Berührung verboten war. Ich hatte einen Mann erschaffen, den es gar nicht gab. Und doch warnte mich eine innere Stimme: dieses Luftbild war kein Traum gewesen. Es drang eine fremde Macht in unser Haus. Etwas geschah. Aber war es greifbar? Ich sah nach, ob das

Schloss am Eingangstor auch wirklich verschlossen war. Ich musste auf der Hut sein.

Ein paar Tage später kreuzten sich unsere Wege wie zufällig auf der Treppe zum Dachgarten. Ich fragte sie, woher sie tanzen könne. Sie setzte sich vertraulich neben mich auf die Stufe, erzählte von den Priestern des Tempels, die mit Handgesten erstaunliche Geschichten erzählen könnten. Auch hätte sie oft ihrer Freundin, der Tempeltaube, zugesehen, wie diese sich kugelte, kringelte und wie sie kreiste, dann plötzlich abhob mit ausgebreiteten Schwingen und nach oben schwebte. Marias Augen glitzerten mit ihren Ohrringen um die Wette. Die magische Welt des neugebauten Tempels, der von unserem Herrscher, dem mächtigen Herodes, erschaffen war, drang mit Maria in unser Haus. Sie erzählte von Lichtgestalten, die ihr dort vorgesungen, die Speisen zubereitet und sie in den Schlaf gewiegt hätten. Wie unscheinbar muss ich neben all den Engelsgestalten, die sie kannte, gewirkt haben. Doch war ich klug genug, sie vom Tempel abzulenken. Ich fragte sie nach ihrer Mutter und ihrem Vater. Maria lächelte, und ich bildete mir ein, erstmals etwas Trauriges in ihren Zügen zu sehen. Sie beschrieb Mutter Anna als eine stille Frau, die jenseits der Wüste in einem Palast wohnte, umgeben von blühenden Gärten und Zypressenhainen. Ihr Vater Joachim, so sagte Maria, und ihr Gesicht war auf einmal ausdruckslos, sei der reichste Mann der ganzen Provinz.

Maria blieb ein Rätsel. „Komm, Jakob", flüsterte sie plötzlich eher schelmisch, und führte mich vor die Flügeltür zum Raum mit der Schriftrolle. Andächtig blieb ich stehen. Maria aber öffnete das Tor, schlüpfte hinein und kam geschwind mit der goldenen Schatulle wieder heraus, in der die Pergamentrolle lag. Uns Kindern des Joseph war es nicht erlaubt, die Rolle mit den Handschriften unserer Ahnen je zu berühren. Vater sagte: Wir stammen von Moses ab, und dann erzählte er ehrfürchtig von den großen Stammesfürsten, unseren Vorfahren. Maria aber lachte, nahm das Pergament aus der Hülle, rollte es auf und las eifrig wie eine Schriftgelehrte daraus vor. All die Namen der Ahnen schienen ihr vertraut. Bald schob sie das bedeutende Dokument lässig zurück. Windhauch aus Wüstenwind. Was bedeutete mir die Vergangenheit und was waren die Gebote, wenn der Harzgeruch der Zeder, mit einem Hauch Hyazinthe gemischt, sich verteilte und unser Haus belebte, seit sie darin weilte? In mir begann ein Sturm. Ich wollte fliehen, fortreiten und meine Wissbegier stillen.

Ein paar Tage später nahm ich das Maultier und ritt durch die Wüste zu jener Frau, die Maria mir als ihre Mutter bezeichnet hatte.

Merkwürdig

langsam kam ein Fremder in meinen Hof geritten. Seit meine Tochter Ria ins Haus von Joseph gezogen war, wartete ich auf Nachrichten und beobachtete aufmerksam alle Neuankömmlinge. Um die frühe Abendzeit kamen gelegentlich Reisende, angelockt von der prächtigen Erscheinung unseres Hauses, durch das Portal und fragten den Stallknecht nach einem Nachtlager. Dieser Reiter war anders. Ich schätzte ihn sehr jung ein. Zögernd stieg er von seinem Maultier ab. Er rührte mich. Eine vertraute, mich traurig stimmende Melodie erklang in meiner Erinnerung. Die Musik der Jugend. Wie sehr ich mir wünschte, von meinem Mädchen zu hören. Also nahm ich meinen blauen Umhang und spähte erregt durch meinen Fächer in den Hof hinunter. Scheu blickte er um sich. Ich rief meine Frauen herbei, um ihm mit unserer Wasserschale und dem Tonkrug die Füße zu waschen. „Ungefähr so alt wie meine Ria", dachte ich voller Sehnsucht. Fragend, was das Anliegen seiner Reise sei, blickte ich in sein Antlitz. Flieht er vor einem Feind, sucht er Liebe?

„Ich bin Jakob, Sohn des Joseph von Nazareth", stellte er sich zu meiner Freude vor. Hatte ich es nicht geahnt? Er gehörte zu unserer Familie. Ich segnete ihn mit Schalom, flüsterte rituell den Buchstaben Shaddaj und stellte mich mit Em Anna vor. Dann konnte ich mich nicht mehr zurückhalten und fragte nach meinem Kind, das nun, welch Schicksal, die Mutter dieses Jungen geworden war.

„Mata Ria, so nenne ich manchmal unsere neue Ima keck, aber liebevoll, denn sie verbreitet den wundervollen Duft der seltenen Materablume. Dann wieder duftet es nach Zedern und Hyazinthen, seit sie bei uns ist. Das Haus, das nach dem Tod unserer Mutter einer Einöde glich, ist zur Oase geworden. Wie die Materablume das Quellwasser versüßt, so versüßt ihr Dasein unseren Alltag", sagte er mit schwärmerischem Blick. Ich ahnte, dass er von meiner Tochter vollkommen fasziniert war. Ich führte ihn in meine Gemächer. Auch später, während des Nachtmahls, sah ich viele Anzeichen einer Verliebtheit. Er errötete und zitterte, wenn er über „seine“ Mata Ria sprach, dann wieder leuchteten tausend Sterne aus seinen Augen. Welches Menschenherz könnte sich auch meiner kleinen Göttin entziehen? Was hatte ihre Erscheinung in mir schon alles bewirkt!

Als ich spätabends auf mein Lager gebettet den Schlaf erwartete, kam er nicht. Die Vergangenheit bemächtigte sich meiner und wie eine Gauklerin schaukelte sie meine Sinne hin und her. Was für eine kalte und argwöhnische Frau war ich gewesen, wie verschlossen meinem Gemahl gegenüber, lieblos und ohne ein Lied auf den Lippen! Mein Gebieter tat alles, um mich zufriedenzustellen, aber mein Herz war von Mauern der Ablehnung umgeben und er konnte meine innere Festung nicht betreten. Wir blieben kinderlos. Eines Tages zog er verzweifelt in die Berge, um sich zu kasteien und in Askese zu üben. Er wurde ein Nasiräer. Während dieser Zeit, in Gestalt eines Dienstmädchens, begegnete mir die Lebenslust, und ich, die immer auf alle herabgeblickt hatte, öffnete mich dem einfachen Volk und lernte ihre Tänze. Deren Melodien heilten mich und öffneten mein Herz. Ich kleidete mich zum ersten Mal in ein scharlachrotes Leinengewand und schmückte mein Haar mit Blumen. Der Ruf der Erde kam über mich. Ich ging hinaus, setzte mich unter einen Lorbeerbaum und atmete seinen Duft. Da hörte ich eine Stimme: „Die Prophetin Mirjam, Schwester des Aaron, jene, die einst mit ihrem einzigartigen Tanz die Befreiung unseres Volks aus der Knechtschaft ankündigte, will durch deinen Leib wieder in die Welt kommen." Und welch Wunder, ich spürte Tag für Tag meine Brüste schwerer werden und mein Leib straffte sich. Obwohl ich keine junge Frau mehr war, setzte die Monatsblutung wieder ein. Danach ging ich zum Badehaus und unterwarf mich den rituellen Waschungen, kleidete mich nach der Mikweh in purpurfarbene Seide und empfing den kraftlosen und vom Fasten unsichtbar gewordenen Mann, der soeben aus den Bergen zurückgekommen war, in meinen Gemächern. Ich umschlang ihn. Als würde der langerwartete Regen mit der roten trockenen Erde eins werden, so verschmolzen wir. Nichts als feuchter Schlamm waren wir vor unserem unsichtbaren Gebieter über Himmel und Erde. Neun Monate später kam ich darnieder mit einem Mädchen. Ich nannte es Ria, denn sie war mir vom Ruah, dem Heiligen Geist geschenkt worden. Während der Schwangerschaft war mir mehrmals unsere Prophetin Mirjam erschienen. Sie sprach in meinen Träumen: „Ruah, weihe Ruah dem Tempel!"

War mein Kind tatsächlich die wiedergeborene Mirjam? Und wartete eine große Aufgabe auf sie? Denn schon mit sieben Monaten tat sie ihre ersten Schritte: leicht, als hätte sie Flügel und könnte über das Wasser gehen. Sie sprach bald, und das erste, was sie sagte, war „Ru ha". Eine kleine Weile später sagte sie „Ma ta", deutete auf die Blumen und drehte sich mit hoch erhobenen Händen. Ich zweifelte nicht daran, sie bald in den Dienst der

Allmacht und des Lichts zu stellen, doch wartete ich auf den richtigen Zeitpunkt. Dieses Kind würde alle Wesen mit seinem hellen Lachen von der Kälte und der Gefühllosigkeit heilen, dachte ich damals.

Ich hatte ihr Zimmer in einen Schrein verwandelt und gab ihr all meine Liebe. Sie sagte uns Dinge voraus, die wir noch nicht einmal ahnten. Dabei trippelte, tänzelte und tuschelte sie unentwegt, so dass das Herz meines Gemahls jung wurde und unser Leben ein Feuerwerk der Freude.

Als sie alt genug war, brachten wir sie in die Obhut des Elimelch, dem obersten Priester im Tempel. In einer ausladenden Zeremonie wurde sie zur Tempeljungfrau geweiht. Wir sahen ihr damals lange nach. In schwarzem Gewand und mit goldener Haarspange entglitt sie unseren Blicken in die geheimen Bezirke des Tempels, gleich einem seltenen schwarzen Kranich, der in den Morgennebel entschwindet. Sie weinte keine Träne, sondern floss mit dem Gleichmut eines Baches, der in einen See mündet, in das rituelle Leben hinein. Ein alter Meister weihte sie in die Kunst des Gehens, Drehens und in die rituellen Gebärden und Gebete ein, und, so glaube ich, die Engel brachten ihr die Speisen und lehrten sie zu schweben. Erwachte sie, war die Luft schon durchwirkt von den rhythmischen Rezitationen der zwölf Priester. Der Geist der hebräischen Sprache hob sie aus dem Land des Schlafes, und die Speisen, mit denen im Tempel der Morgen geweiht wurde, lockten sie mit Wohlgeruch vom Lager. Sie aß mit Engelsgebaren, und wer die Kleine gehen sah, meinte, dass sie niemals den Boden mit den Füßen berührte. „Unsichtbar, ihre Engelsflügel“, flüsterte ich andächtig. An den wichtigen Festen zogen wir nach Jerusalem und konnten ihre Fortschritte im Lesen und Schreiben des Aramäischen bestaunen. Und jetzt, da sie in das Alter gekommen war, in dem Mädchen nicht mehr im Tempel sein durften, war sie durch die Prophezeiung einer Taube nach Nazareth geschickt geworden und – selbst noch ein halbes Kind – war sie auf einmal Stiefmutter von vier Söhnen. Was hielt das Schicksal noch für sie bereit?

Überschwänglich

schallte ihr „Jakob, da bist du wieder“. Ihre Stimme legte sich wie der Tau eines frühen Wintermorgens auf mich. Verhalten überreichte ich ihr den Brief ihrer Mutter. Sie warf ihn ausgelassen in die Luft und lachte. Ich fing ihn auf. Ihre wasserblauen Augen waren undurchdringbar und ihr Blick war gleichmütig. Wie eine Schwalbe wanderte der Brief hin und her, bis ich mich in ihrem Schleier verfing und dabei den Brief an mich drückte. Ihrer Anmut nah, hörte ich unsere Herzen klopfen. Wärme schoss durch mich hindurch. Der Brief gelangte in ihre Hand und sie befreite mich aus unserer Umschlingung. Betäubt ging ich rückwärts auf die Hauswand zu, glitt nieder und beobachte sie beim Lesen. Ernst ließ sie den Brief sinken und rief leise: „Jakob.“ Ich hob den Kopf. „Ich bin von ihm, deinem Vater, als deine Mutter ausersehen.“ Ich muss sie entsetzt angesehen haben, denn plötzlich klang sie verändert, fremd, als würde eine Prophetin aus ihr sprechen: „Ich bin die, die dich aus den Fesseln befreien kann. Du wirst einmal Fliegen."

Tags darauf war sie wie verwandelt. Vorsichtig spähte sie umher. Was hatte Mutter Anna ihr in dem Brief mitgeteilt? Maria ließ den Brunnen und das Badebecken mit Wandschirmen umstellen. Ich würde sie nicht mehr heimlich beim Baden beobachten können. Nach unserem gemeinsamen Mittagsmahl spielte sie mit der Taube, schien in deren Vogelwelt zu versinken. Ich zog mich zurück und widmete mich dem Lernen.

Als wir Marias fünfzehnten Geburtstag feierten, saß Simon auf ihrem Schoß. Sie reichte ihm Süßigkeiten aus Samneh und Mandeln, vergnügt tastete Simon mit seiner Kinderhand nach ihrer kleinen Brust. Ich ahnte einen Lustrausch, einen, den ich noch nie gekostet hatte. Ich starrte auf ihr gewelltes Haar, es floss in Locken hinunter bis auf ihre Hüfte. Wie rot ihre Lippen waren! Einem Halbmond glichen die gesenkten Lider. Als sie aufstand und fortging, war mir, als flösse Myrrhenharz aus ihrem weichen Gang.

Unwirklich waren die Tage fortan. Ich erwachte und mein Kopf war nass vom Tau der Nacht. Meine Locken fühlten sich feucht an von den dunklen Stunden. Ich hörte die Worte der Lehrer nicht mehr. „Jakob, pass doch auf!", mahnten sie. Mir war schrecklich heiß. Jeden Abend kühlte ich meine Füße in einem Bad, zog ein frisches Hemd an und dachte: Soll ich es wieder beschmutzen?

Eines Tages ging ich nicht zur Schule und schloss mich in mein Zimmer ein. Als ich zur heißen Mittagszeit hinaus in unseren Apfelgarten trat, entdeckte ich zu meiner Überraschung Maria selig schlummernd auf einer großen Schaukel. Wie ein niedliches junges Tier auf die Seite gerollt schlief sie arglos – es rührte mein Herz. Ich legte mich heimlich hinter ihren Leib. Kaum hatte ich mich auf die Schaukel manövriert, ohne deren Schwung zu stören, berührten meine Hände sanft ihr Haar. Ich schob das Dickicht zur Seite und atmete Weihrauch. Ich legte mich ganz nah an ihren Rücken, versuchte, ohne sie mit meinem Körper zu berühren, das Geheimnis ihres Atems zu ergründen. Ohnmacht überwältigte mich. Im Traum stieß ich auf eine feste Mauer. Es erregte mich, das Hindernis wollte ich einstoßen, und ich fürchtete mich nicht vor den schweren Steinen. Und wahrlich, inmitten der Mauerfeste öffnete sich ein Tor und ich wanderte hinein. Wie einst meine Urväter Aron und Moses einen Stab in der Hand hielten, wie der eine mit dem Stab das Wasser teilte, wie der andere damit Macht erhielt, wie sie, die Urväter, hielt auch ich plötzlich einen Stab in der Hand. Der wurde stark und lebendig und führte mich. Hinter mir stand ein großes Volk. Erinnerungen waren der Strom, der mich fortriss. Vor langer Zeit hatten Moses, Aaron und Mirjam unsere Stämme durch Meere und Wüsten in die Freiheit geführt. Sie waren jetzt hier, mit mir, und ich folgte ihnen im Geist. „Durchdringen!“, flüsterte die Verkündigung. Ich war in der Seligkeit des Lichts. „Jah...we“, stöhnte ich. Einst hatten sich die uralten

Vorfahren vereint und waren wie ich jetzt dem Sog gefolgt. Sie hatten das Meer durchlaufen und waren ins gelobte Land gelangt. Ich spürte die Eindringlichkeit ihrer Tat, denn auch ich teilte das Wasser, um in der Seligkeit zu sein.

Es wurde still. Keine Bilder gab es mehr vor meinem inneren Auge. Ob ich erwachte und leise „Verheißung" gesagt oder unser uraltes Wort „Jahwe" geflüstert hatte, wusste ich später nicht mehr. Ich erinnere mich aber an die Ehrfurcht, die ich seitdem spüre, wenn unser heiliges Wort „Yahwe, ich bin, der ich bin" ausgesprochen wird. Seit jenem Traum frage ich mich, wissen wir je, wenn ein Traum zu Ende geht, oder träumen wir endlos? Wollen wir, wenn wir „ich bin" sagen, uns nur aufwecken? Meine Gedanken an Vater retteten mich. Er hatte mich gelehrt: „Jeder Mann muss sich aus der Sklaverei befreien, im richtigen Moment aufstehen und gehen. Das hat uns unsere Geschichte gelehrt." Das galt auch für diesen Traum. Ich erhob mich energisch, so dass Maria erwachte und erstaunt „Du" murmelte.

„Ja, ich."

„Wer bist du, um über meinen Schlaf zu wachen?"

„Ich bin, der ich bin", eine große Kraft sprach aus mir. Ich fühlte, dass jedes Wort wie aus einer anderen Welt klang. Mir war, als ob **Wort Fleisch wird und in die Welt kommt.** (Johannes 1.14)

Heiße

Sonnenstrahlen hatten wir als Gefährten auserkoren. Wie selig Maria in unsere gesichtslose Leichtigkeit aufschaute, im Traume leise „Gavri-el" flüsterte und nach einem Seufzer hinzufügte: „Ich will aufgehen in dir!" Mehrstimmig raunte unser Engelschor: „Gavri-el, schmücke dich mit der Sonne Glanz." Schon flimmerte der Erzengel als Schimmer durch das Blätterwerk des Apfelbaums und sang zusammen mit uns: „Auf der Schaukel liegt Jakob an Marias Zartheit hingegeben, wir spüren sein Streben, sich in der Göttin zu erleben." Eingebettet in ihr langes dunkles Haar glich Jakob dem Tag, der die Nacht besiegen will. In diesem Augenblick wollten wir tausend leise Opfer bringen und besänftigen der Erde schweren Drang. Wir riefen dem von himmlischem Blau sich kaum abhebenden Gavri-el zu: „Sei sie!" Wir witterten ein Liebesspiel aus Wind und Licht, wir hörten, wie die Erde nach Wasser rief, und wer wolle Einhalt gebieten, wenn wie Perlen Sonnentropfen sich auf dem hellgrünen Laub widerspiegeln und tanzen? ***Vier Engel standen auf vier Ecken der Erde und hielten die Winde*** *(Offenbarung Johannes 7.1), als ungestört Wünsche aus dem Weltall wie Samen in der Erde Dunkelgrün eindrangen und aus überfließenden Himmeln wilde Wasser stürzten, glockenrein. Tief tönte auf einmal Gavri-els Engelswort: „Empfange jetzt still und stolz den Erdensohn. Atme den Weltenraum." Im Schein der Mittagshitze sahen wir Jakobs leibliche Glut sich über des Apfelbaumes Krone verflüchtigen. Gavri-el leuchtete, nichts als Licht ergoss sich in Marias Schoß. Engelsmelodien legten sich auf Marias Brüste, ihre Glieder, legten sich auf ihren Mund sanft nieder. Dann verklang Gavri-els Lied und von biegsamen und doch zerbrechlichen Ästen gurrten nur noch die Tauben inbrünstig leise ihre Weise. Wir* *begleiteten mit sphärischen Strophen unser Entschwinden: „Absichtslos und getrieben vom endlosen Strom wird Lust zum sicheren Kahn, der in den Schoß des Himmels geleiten kann.“*

Entzückt erhoben sich die Menschenkinder von dem geweihten Ort. Sie lächelten sich an: Unschuldig wie unberührte Blütenkelche, die zur Sonne hin schwärmen. Und wie des Jordans festes Band die jungfräuliche Erde nicht in zwei Reiche teilt, sondern durch den irdischen Garten rauscht und als paradiesische Einheit das Land bestehen läßt, so hat der Himmelsstrahl die Jungfrau durchdrungen, erleuchtet, aber nicht entzweit. Unser Abschied glich einem Lichtgewitter, und als sähe Jakob ein Trugbild, rief er: Dort! Aber Gavri-el war längst fort. Wir stiegen hinauf ins ewige Weltgetriebe und ließen zurück die Liebe.

„Gru, gruh“,

antwortete ich dem Taubengurren und ruckte meinen Kopf hin und her. Und, hörte ich recht, darunter mischte sich ein menschliches Seufzen. Flugs flog ich hinüber auf den Apfelbaum und späte neugierig durchs Blätterwerk. Maria lag auf eine Schaukel gebettet wie eine Glucke über Küken. Was brütete sie aus unter geschlossenen Lidern umkränzt von zartem Daunengefieder? Ein junger Bursche trat unter die Blätterlaube. Gleich einem Raubtier lauerte er, schlich sich an und schmiegte sich geschmeidig wie eine Katze an Maria. Angespannt vor Entsetzen und ohne das leiseste Gurren, verharrte ich inmitten der Apfelblüten. Dann sah ich mein Turteltäubchen. Es rückte nahe, flatterte ein bisschen mit den Flügeln, hüpfte kokett weg und setzte sich auf einen Ast unter mir nieder. Ach wie verführerisch es gurrte und die kugelrunden Äugelein rollte. Taubenduft stieg durch meinen Schnabel und ich begann sein Flirten flott zu erwidern. Wir gurrten um die Wette. Auf einmal blendete mich weißes Flimmern. Das Gleißen machte mich wirr. Ich flog auf den Ast hinunter und kam meinem Täubchen von hinten auf. Mein Vogelherz jubilierte, meine eindringliche Tat machte alles zum Taubenton. Stimmte Maria in unsere Melodie mit ein? Besaß sie das Taubenherz? Wahrlich, es flog uns zu. Mein Weibchen und ich ließen beim Liebesgeplänkel einige Federn fallen. Wir bedeckten uns mit unseren Schwingen und genossen die anheimelnde Dunkelheit trotz Sonnenglanz. Meine Vogelsamen sanken ins Täubchen ein und einige fielen sicher auch hinunter zu Maria. Mitten in der Vereinigung begannen wir schon mit dem Fliegen. Wir liebten uns nicht nur zu zweien, sondern wir waren All-ein: Es gibt nichts Besseres, als ein Vogel zu sein!

Maria gehörte zu unserem fliegenden Verbund, selbst wenn sie der Erde verhaftet schien. „Meine Taube", rief sie mir zu. Sie hatte mich erkannt, sie war die Taubenliebe. Stolz dachte ich, auch Maria wird ein Ei legen. Heiliges wird entschlüpfen und der Welt künden vom Taubenfrieden.

Da vernahm ich unseren Ahnenchor:

„Nichts kommt von dir, es gehört dem All, oder sag: **Woher konnte die Pflanze Sprossen ansetzen ohne Samen, wenn nicht der erste Same längst von Jaweh gelegt wurde?"** *(Agrapha 346)* Vogelsein ist himmlisch fein.

Leuchtendes
drang in den dunklen Raum. Zur Zeit der Mittagssiesta war ich beim Dösen, als ein Flackern mich aufrüttelte. „Ein Geist", sagte ich erschreckt. Instinktiv rief ich: „Maria, mein Mädchen!" Jakob war bereits ein Mann, zwar noch sehr jung, aber verliebt. „Maria, blende Jakob nicht mit deinem Licht. Großes wird in dich eindringen", hatte ich in meinem Brief geschrieben. Ich stand auf und ging zitternd auf das Licht zu, flüsterte: „Maria ist als Ima für die Söhne des Patriarchen Joseph zu unbedarft. Sie kennt die Absicht der Welt nicht, weiß nichts vom Drang eines Mannes. Wir haben sie im Tempel ausbilden lassen. Sie hat kein Wissen, was ihre reizvolle Erscheinung bei einem Jungen anrichtet." Schwindel ergriff mich, ich hielt mich am Türrahmen fest. Eine Vision umfasste mein Sinnen.

„Um Licht zu sehen, braucht es das Dunkel", erklang eine Stimme. Ich sah einen Kelch, der schien zu atmen und ein wundersames Licht begann zu erglühen.

Langsam kam ich wieder zu mir und tastete mich zu meinem Bett. Ich sah Marias jungen Leib. Sie hatte in ihrem Innersten aus reinem Schwarz das Helle empfangen. Ich hörte auf einmal Schreie, die das Echo jener Schreie bildeten, wie ich sie nie zuvor vernommen hatte, die sie aber ausgestoßen haben soll, als das erste Blut ihre Beine entlanggeflossen war. Laut, so sagten die Priester später, hätte sie in den Tempel hineingerufen: „Mein Leib blutet!", und sei in den Garten gerannt. Dann hätte sie sich entsetzt an einen knorrigen Ölbaum geklammert. Ich war sofort gerufen worden, und da ich damals bei meiner Schwester in Jerusalem weilte, konnte ich die Stätte des Geschehens schnell erreichen. Maria schlief an den Baum geschmiegt und hatte ihre Finger in den Wurzelstock gekrallt. Ach, es war das erste Mal nach ihrer Weihung zur Tempeljungfrau, dass ich mein Kind wieder mit nach Hause nehmen durfte. Sie war fruchtbar geworden. Ich beruhigte sie und erklärte ihr, dass dieses Blut Lebenssaft sei, und zwar unbefruchteter, und dass die Priester ein solches Blut aus dem Schoß einer Jungfrau im Tempel niemals dulden würden. Es wäre totes Blut. Dann hatte ich ihr zugezwinkert:

„Mein Herz, du darfst nicht mehr in den Tempel zurückkehren. Männer fürchten sich vor dem Blut der Frauen. Vielleicht denken sie dabei an den Tod."

„Was geschieht mit meiner Taube?", hatte sie unschuldig gefragt.

„Eine, die sich dem Licht hingibt, wird kommen." *(Agrapha)* Sie wird mit dem Tamburin tanzen und mit den Vögeln fliegen. „Mit Ria geht die Prophezeiung in Erfüllung, sie ist stark im Glauben und kann aus sich selbst das Leben hervorbringen", raunte die Stimme der Zuversicht. Eindringlich schien das Licht: „Mutter Maria hat mich empfangen, ihr gesegneter Leib wird dem Geist einen Körper geben."

Schamhaft
blieb ich Maria seit den kühnen Schaukelträumen fern. Ätherisches umgab sie und machte die sanften Berührungen jenes heißen Mittags unwirklich. Doch trug ich seit dem Erlebnis ihren zarten Duft als Unruhe in mir. Sie trieb mich mal hierhin mal dahin. Der Abendwind brachte Schwaden eines Geruchs mit sich, derselbe, der auch an Maria haftete. Ich spürte sie in der Reinheit eines kühlen Wassertrunks zur schwülen Zeit oder fühlte ihre zarte Haut in den wolligen Fellen meiner nächtlichen Decke. Wer war ich damals? Ich zog mich schweigend in die dunklen Nischen des Hauses zurück, wenn ihre tänzelnden Schritte leicht an mir vorbeistreiften. Einmal berührte mich ihr nachtblaues Gewand aus Leinenstoff und ihr durchsichtiger Schleier verströmte Salböle. Ich zitterte. Ein anderes Mal, als sie zum Badehof ging, erschauerte ich vor ihrem eng um den Leib geschlungenen roten Unterkleid. Mein Mut, der mich an jenem Mittag zu ihr auf die Schaukel bettete, hatte mich verlassen. Maria schien viel zu vollkommen, und ich fühlte mich unwürdig vor ihr. Es war, als hätte ein goldener Schein sich um sie gelegt. Er war eine Festung, eine Mauer, die ich niemals mehr mit den Händen würde einreißen können. Auch nicht mit meinem Geist. Sie war erhaben über alle Dinge. Ich schrieb Gedichte, in denen ich sie mit einem Engel verglich. Wenn ich von ihr träumte, versuchte ich beim Erwachen einen Vorhang vor das Erträumte zu ziehen.

Wie erleichtert war ich, als ein Gesandter meines Vaters mit einer Botschaft kam! Er brauchte mich und befahl mich zu sich in die Ferne. „Jakob, es ist an der Zeit, dass du unser Handwerk lernst." Oft hatte ich kleine Holzfiguren geschnitzt, aber nun würde ich die großen Zedern aus dem Libanon als Zimmermann bearbeiten. Zukünftig müsste ich mich nicht mehr in der Talmudschule mit den Buchstaben und ihren Bedeutungen quälen.

In Windeseile packte ich meine Sachen, warf Maria beim Hinausgehen – sie stand unter dem Säulengang des Innenhofes – einen schüchternen Gruß zu. Ich küsste innig die Mezuzah am Türpfosten und ritt dem Abenteuer entgegen. Als ich mich jedoch noch einmal nach unserem Haus umdrehte, hatte ich das schmerzliche Gefühl, einen wunderbaren, gerade erst bestellten paradiesischen Garten zu verlassen. Denn weilte ich erst einmal in der Ferne, würde ich dessen Früchte wahrscheinlich nie zu Gesicht bekommen.

Das Mysterium

Es erzählen Anna, die Engel, die Taube, Jakob, Anna, die Taube, die Engel und wieder Jakob.

Unerwünscht

sei seine Kunde, aber er müsse sie mir, der Mutter Rias, zuerst überbringen. Unser Stallmeister trat an jenem Morgen verlegen von einem Bein auf das andere, sah dabei auf den Boden und überrumpelte mich mit der Neuigkeit: „Die Tempeljungfrau, Ihre Tochter, ist geschwängert worden.“ Er hätte es auf dem Bazar in Nazareth vernommen. Dort würden sich die Lästerzungen das Maul über unser Mädchen zerreißen. Er sei mit den neugekauften Maultieren gerade an den Marktständen vorbeigelaufen, als ihm die Gruppe um einen Tempeldiener aus Jerusalem ins Auge gestochen wäre. „Ach“, stöhnte ich leise. Er erzählte weiter, wie er von seinem Tier abgesessen sei und vernommen hätte: Joseph, der weise Alte des Patriarchenrats von Nazareth, habe das Versprechen, die Zarte zu behüten, nicht eingehalten, sollen manche gerufen haben. „Oh je, mein Kind – mit einem großen Bauch muss sie einhergehen“, sagte ich und fügte unüberlegt hinzu: „Wie konnte das geschehen?“ Ich bedeckte mein Gesicht vor Scham mit meinem Schleier. Sie war doch noch nicht reif, um aus dem Kokon zu schlüpfen. Warum hatte sie, bevor sie aufgeblüht war, die Last des kräftigen Patriarchen ertragen?

Kaum hatte ich mich von den Worten erholt, kam erst die wirklich aufwühlende Meldung, die mir die Röte ins Gesicht trieb: Joseph habe sich danach laut vor seinem Haus verteidigt: Er könne nicht der Vater sein, da er doch ein halbes Jahr abwesend gewesen sei. Er hätte doch beim Bau einer Siedlung in feindlichen Gebieten geweilt. Die Jungfrau hätte ihn, ihren Patron, hintergangen.

Ich ließ den Stallmeister stehen und rannte ins Haus. „Oh Katastrophe, Ria wird zum Gespött in den Gassen

Nazareths werden. Wenn Joseph sie aus seinem Haus wirft, wird keiner es wagen, sie aufzunehmen!“ Die Gasse der Dirnen drängte sich mir auf. „Ich werde sie zurückholen in dieses Haus und zu mir“, flüsterte ich, wusste aber, dass damit ein Unsegen über uns kommen würde, denn eine an einen Mann vergebene Tochter darf nicht von der Mutter zurückgefordert werden. Ich war völlig verzweifelt und warf mich auf mein Lager.

Als ich wieder zu mir kam, stand Joachim mit ernstem Gesicht vor mir: „Wir haben sie zu sehr verwöhnt“, sagte er traurig. Was brachte uns seine Einsicht jetzt noch? Ich erhob mich mit einem Ruck und kleidete mich in Eile für die Reise an. Noch am selben Vormittag brach ich mit meinem Stallmeister zusammen nach Nazareth auf.

Es war ein beschwerlicher Ritt, denn die Mittagshitze drückte uns nieder. Wir konnten nicht anhalten. Es galt vor der einsetzenden Dunkelheit Nazareth zu erreichen. Als wir durch das Stadttor ritten, starrten die Leute auf mich. Und wie verächtlich eine Granatapfelverkäuferin rief: „Da kommt die Mutter der ehrlosen Tempeldienerin.“

Ich betrat die Pforte zu Josephs Hof, als es schon dunkel war. Die Kinderfrau erschien und bat mich, ihr zu folgen. Ich konnte auf ihrem gegerbten Gesicht keinen Ausdruck erkennen, als sie sagte:

„Joseph ist mit seinen Söhnen zum Stadtrat gegangen.“ Im Innenhof brannten die Lampen. Verstohlen blickte der Stallbursche mich an, als er mir das Maultier abnahm. Wo war Ria? Ich befürchtete, ihre Veränderung würde mich erschrecken. Ohne die beiden weiter zu beachten, ging ich durch die Tür ins Innere des Hauses und fand meine Kleine mit der Taube auf der Schulter neben dem nach Jerusalem ausgerichteten Zeichen ungetrübt auf dem Boden sitzend. Ich hatte sie mehrere Monate lang nicht gesehen, und meine Güte, ja, sie sah schwanger aus. Unerwartet war es, aber es machte mich glücklich. Sie lächelte mich an und war ganz Unschuld. Das Gerede der Männer draußen traf sie nicht. Nichts von dem Klatsch und der üblen Nachrede war in ihre Welt vorgedrungen.

„Was hast du getan, mein Kind, komm sag es mir! Wie ist es passiert?“

„Nichts Mutter, gar nichts!“ Ich fasste vorsichtig und liebevoll ihren Bauch an und sah ihr in die weit geöffneten karamellbraunen Augen.

„Mir ist im Mittagsschlummer, halb wach, halb träumend lag ich, ein Engel erschienen und hat mir verkündigt, mein Leib würde eine Frucht hervorbringen, die zum Wohl der Welt sei. Als ich erwachte, lag Jakob neben mir auf der Schaukel und schlief selig wie ein Kind, so als hätte der Engel sich in ihn mit seinem Licht verströmt.“

Mir war klar, Ria ist rein, ihre Hingabe ans Licht gab ihr die Kraft, in sich selbst ein Wesen zu zeugen. Im Geist hörte ich die Stimme unserer Ahne Mirjam eindringlich: „Licht wird aus deinem Kind entstehen.“ Ich beschloss meiner Tochter, komme was da wolle und sei es gegen das Gerede der Höhergestellten im Tempel, sei es gegen die herablassenden Bemerkungen aus den Reihen der

Gebildeten, beizustehen. „Yah we, Mari yah – ihr seid eins geworden", betete ich und war sicher, dass Ria aus sich selbst geschöpft hatte, um schwanger zu werden. Vollkommen versunken in das Licht am Morgen hatte sich das Wunder des Lebens in ihr von selbst kreiert. Ihre Andacht und Aufmerksamkeit war schon immer aufs Höchste ausgerichtet, wobei sie unberührt von der Welt der Dinge blieb. Ich würde mich nicht gegen diese wundervolle Verbindung von Natur und Geist stellen, sondern sie preisen. Auch wenn die Patriarchen mir nicht glaubten, die Prophezeiung unserer Ahne Mirjam „Eine, die sich dem Licht hingibt, wird kommen" würde eintreffen. Haschem wollte wieder einmal ein Zeichen geben und uns helfen. Rias Kind würde uns vom Joch der Männerherrschaft – ob sie nun Römer mit fremden Regeln waren, oder Priester, die uns mit strengen Ritualen unterdrückten – befreien. Ich wiegte Ria in meinen Armen, und wir freuten uns gemeinsam auf das Wunder, das dieses Ungeborene jetzt schon war.

„Wird es ein Junge, nenne ihn Immanuel", schluchzte ich vor Freude, **„denn Adonai ist mit uns! Ein wunderbarer Ratgeber, ein mächtiger Gott, ein ewiger Vater und ein Prinz des Friedens"** (Isaiah 7.14 und 9. 6-7) wird durch deinen Leib in die Welt kommen.

Ach so deutlich

sprechen Lebende die Dinge aus. Zwischen Lärmen und Lachen bleibt manchmal ihr Wort wie ein steinernes Mahnmal bestehen. Es droht. Erinnert. Verletzt. Seit Jahrtausenden hat Menschen-

wort die Urteile geschaffen: Treulos. Dreist. Betrug. Über Maria lästern sie jetzt laut in den Gassen, und unser Engelswispern bleibt ungehört.

„Gavri-el, in dieser Nacht noch, eh ***andere Engel aufsteigen vor der Sonne Aufgang*** *(J.O. 1.2), eile zum Joseph hin, jubiliere vor dem Betroffenen: Der Rose Versprechen liegt in ihrem Duft!“ Und laut sang Gavri-el in jener prächtigen Nacht: „Atme. Sinne. Wisse.“ Joseph blickte hinauf in das hinreißende Himmelszelt und lauschte den Gestirnen: „Schütze deiner Rose stilles Aufblühen vor den Stürmen des Aufbegehrens“, schienen sie ihm zuzuflüstern. Als Gavri-els Engelsglanz sich über die Dinge legte, sahen wir, wie Joseph zwischen Tag und Traum sein zweifelndes Gesicht ablegte. Und wenn Zeit vergeht, wenn bald die Jungfrau schuldlos in schwerer Blüte steht, dann, so ist sich unsere Engelsnatur gewiss, für laute Worte der Lästerer kein Raum mehr ist.*

Aufgeregt

flatterte mein Täubchen. Es setzte sich auf den Dachfirst, flog wieder auf, setzte sich ein Stück weiter weg hin, öffnete die Flügel, hob ab und setzte sich wieder. Dazu trippelte es unentwegt. Unter uns auf dem Vorplatz von Josephs Haus, verhielten sich die Menschen wie gackernde Hühner. Ihre Stimmen waren verstellt, sie wirkten flatterig, doch hatten sie keine Flügel, um sich zu erheben. Ich schwang die meinen und lockte mein erregtes Weib hinweg. Wir flogen weit fort und öffneten unsere Schwingen für den Tanz der Liebe, draußen im freien Gelände.

Erschöpft von unseren Ekstasen flogen wir einen einsam liegenden Felsen an. Hier können wir uns in Ruhe erholen, dachte ich. Doch beim Anflug auf ihn fuhr mir ein Schrecken ins Gefieder. Was wir für einen Stein gehalten hatten, war in Wirklichkeit Joseph, der sich hingekauert hatte. Wir flatterten um ihn: „Wo hat er nur seine Beine versteckt?"

Als Joseph uns vernahm, hob er seinen Kopf. Wir glitten hinab, setzten uns auf einen einsamen knorrigen Ast, der in Josephs Nähe lag, und hörten zu unserer Überraschung ein seltsames Rauschen. Aus dem Staub der Erde formte sich eine Gestalt. Sie hatte Flügel, gurrte wie wir, war aber groß wie ein Mensch. Dazu erklang eine weibliche Stimme aus ihrem Mund:

„Joseph, der Aufruhr um Mariyah wird sich legen. Gib nichts darauf. Ihre Leibesfrucht ist von der Allmacht gewollt. Seht dieses Wunder entstehen an einem Ort, der vor euch war und nach euch noch sein wird. Der Leib der Jungfrau gleicht dem Weltenraum. Mariyah ist Yahwe!" Joseph blickte auf und stimmte plötzlich einen gellenden Singsang an.

„Ruah, Heiliger Geist! Ein Engel! Haur, eh, wie kann das geschehen?" Wir sahen, wie er die Arme hob und einen Freudentanz begann.

„Dass du mir erschienen bist, verdanke ich dem turtelnden Taubenpaar. Ich nahm die Triebe im Kosmos wahr!"

Mein Täubchen und ich lächelten uns selig an. Wir waren wichtig. Ich lispelte: „Das Flügelwesen mit langem welligem Haar ist bestimmt unsere Urahne! Vor langer Zeit soll es große Vögel gegeben haben, und auch solche, die halb Vogel, halb Mensch waren." Sattes Gurren kam aus meines Weibchens Kehle. Unter uns stand mit geöffneten grünlich schimmernden Federflügeln ein menschlicher Leib, fein wie ein junges Blatt.

„Seht euch ruhig an mir satt", schien er uns mit meeresgrünen Augen zuzuzwinkern. Ich starrte auf seinen Nabel, der war fein gedreht wie der Anfang eines leckeren Granatapfels, dort, wo wir ihn leicht aufpicken können.

„Ich erscheine mal so, mal so." Seine menschliche Stimme war unterlegt mit Taubentönen. „Hört auf mein Wort: Begleitet Joseph. Vor euch steht der Erzengel Uri-el." Schon zerfloss seine Erscheinung in Licht.

Mein Täubchen und ich wussten, was zu tun war. Ich flog links, meine Süße rechts auf Josephs Schulter. Wir blieben neben seinem Haupt fest sitzen, auch als Joseph sich erhob und nach Hause ging.

Krächzend schrie der Bote, von dem behauptet wurde, er sei der Gesandte des Hohepriesters aus Jerusalem:

„Das Zeichen, das Zeichen! Die Tauben sitzen auf Joseph!" Und alle, die uns mit Joseph die Straßen entlang kommen sahen, staunten. Endlich verstummte das abscheuliche Geschrei, das tagelang die Gemäuer von Nazareth erschüttert hatte. Stille und Frieden kehrten wieder ein. Wir konnten unsere Köpfchen in unsere Federn stecken und hoch oben im Gebälk von Josephs Haus von der Begegnung mit der Ahne träumen.

„Joseph trifft keine Schuld", weckte uns das Geschrei des fremden Boten. Er stand in leuchtendem Gewand im Hof von Josephs Haus und segnete alle mit einem Abschiedslied, welches zu der Zeit in Jerusalem gesungen wurde: Ruah Mariyah Yahwe! Ave!

Erschrocken

blickte ich auf Vater. Zwei Tauben saßen auf seinen Schultern. Drei Nächte war er fortgewesen und er sah zerlumpt aus. Ungewaschen rief er uns, seine Söhne, und seine Hausangestellten in den Innenhof. Nie zuvor hatte ich ihn in solch aufgebrachtem Zustand gesehen. Dennoch war es auch an jenem Nachmittag, als Vater im Innenhof zu uns sprach, seine imposante Gestalt, die uns beeindruckte. Voll stiller Würde. Niemand widersprach ihm.

„Wir erwarteten die Räte der Stadt Nazareth. Ich habe euch und ihnen etwas mitzuteilen. Es hat sich etwas ereignet. Ich werde mich zunächst im Badehaus reinigen und eine Mahlzeit zu mir nehmen. Kommt noch vor der Abenddämmerung wieder hierher. Ich werde dann meine Mitteilung machen." Er hatte mit langen Pausen gesprochen.

Mein Bruder Jose und ich sahen uns an. Was wollte er uns sagen? Würde sich unser Leben verändern? Nicht nur Vater, unser gesamtes Haus hatte sich verändert. Schwere lag über ihm. Ich dachte insgeheim, dass der beständige Wandel von Maria ausging. Als Vater und ich aus der Fremde zurückgekehrt waren, hatte mich erstaunt, wie seltsam Maria vor sich hin lächelte, mich nie ansah. Ihre aufgeweckte Art, die ich so bewundert hatte, war von ihr gewichen. Sie wirkte träge. Nichts von der Leichtigkeit eines Schmetterlings haftete mehr an ihr. Stattdessen schob sie sich durch unsere Räume und Korridore einer Raupe gleich. Ich vermied es, ihr zu begegnen. Doch zu meinem Leidwesen saß sie nun jeden Abend mit uns am Tisch. Dabei aß sie mit gewaltigem Appetit, konnte von dem schmackhaften Eingemachten nicht genug bekommen. Ein paar Tage später zählte ich die ungeheuren Mengen – es waren zehn Stück der kleinen Fischfrikadellen –, die sie wie ein hungriges Tier verschlang. Ich fand das abstoßend. Auch Vater rügte Maria zum ersten Mal. Sie hatte eine Schüssel umgestoßen und blickte schamhaft auf den Tisch, aß aber weiter.

Vaters Veränderung hatte mit dem Eintreffen eines Boten begonnen. Er kam vom Tempel aus Jerusalem. Vater hatte mit ihm im Vorhof gesprochen und danach wütend die Tür zugeschlagen. Ich fürchtete mich plötzlich vor Vater. Ich ahnte, dass etwas mit der Jungfrau vorgefallen sein musste. Zuvor hatte ich Vaters Großmut und Ruhe bewundert. Nie war er ungeduldig mit uns Kindern gewesen. Wie gern blickte ich in sein Antlitz, das mir immer Zuversicht vermittelte. Sein scharfes Profil hob sich vom langen weißen Haar ab. Gütig und doch wahrheitsliebend. Was bedeutete dieser plötzliche Zorn, der ihm seine Besonnenheit genommen hatte? Was war nur geschehen, dass er so ungehalten reagierte?, hatte ich mich gefragt. Und dann war er Hals über Kopf aus dem Haus gestürzt und nicht mehr zurückgekommen. Nur unserem Stallknecht hatte er mitgeteilt, dass er sich draußen in den unbewohnten Hainen in Askese üben würde. Vater ist nicht recht bei Verstand, hatte auch Jose befürchtet. Keiner von uns Söhnen wusste, was geschehen war. Was würde Vater uns nur verkünden?

Wir warteten zusammen im Vorhof. Marias Mutter, die zu uns gezogen war, kam dazu. Bisher hatte sie sich nur um Maria gekümmert. Oft hatte ich verstohlen zu dem Mädchen, unserer Ima, hingesehen, und bemerkt, wie anders sie gekleidet war, wie sie mit Umhängen aus weißem Leinen bedeckt war. Und wie sie die Hand ihrer Mutter fest hielt und ihren Kopf an die weißhaarige Alte lehnte, erfüllte mich mit Sehnsucht. Ich spürte Wehmut, die gleiche, die ich empfand, wenn die Karawane in die Wüste zog und ich, weil ich nicht im Stamm der Nomaden geboren war, im Haus des Zimmermanns zurückbleiben musste. Die gemeinsame Welt der beiden Frauen blieb mir fremd und zog mich an. Warum erklärte mir niemand, was hier vor sich ging? Seit Marias Übermut erloschen war, kämpfte ich mit dem Verlangen nach einer Geste der Zärtlichkeit von ihr.

Was war geschehen?

Endlich trat Vater wieder zu uns in den Hof. Aufgeregt ahnte ich, dass jetzt die Auflösung des Rätsels käme. Im festlichen langen Gewand aus gewebter Wolle stellte sich Vater in die Mitte, und wir Brüder erhoben uns und bildeten einen Kreis um ihn.

„Das Kind, das Maria trägt, ist mein eigener Sohn." Das Schweigen ringsum war beeindruckend. Ich erschrak und blieb mit offenem Mund vor Vater stehen. Maria bekommt ein Kind. Woher wusste er, dass es ein Junge wird? Langsam fuhr Vater fort: „Er folgt nicht mir, sondern dem Höchsten auf den Thron. Die Prophezeiung hat Maria ausersehen. Die Jungfrau ist rein. Das Gelöbnis, ihr zu dienen, war mein Schwur. Nun wird er wahr, ich löse ihn ein. Ich werde dem Blut ihres Leibes dienen."

Ich blickte hinüber zu dem Gesandten aus Nazareth. Versteinert stand er mit seinem Gefolge da. Vater fuhr fort:

„Wie einst unsere Prophetin Mirjam, wird Maria euch aus der Versklavung retten. Sie wird bald erscheinen lassen, nach was wir uns sehnen. Erlösung und Frieden." Mit unbekannter, ganz heller Stimme, als würde eine Engelsstimme aus ihm sprechen, beendete er seinen Vortrag:

„Das heilige Wort wird im Kind sichtbar. Haschem hat als Beschützer mich, Joseph von Nazareth, ausersehen."

Wir waren wie benommen. Dann liefen meine Geschwister zu Maria und umarmten sie. „Ein Brüderchen", lachten sie freudig. Ich konnte mich nicht bewegen, fühlte mich wie vom Blitz getroffen. Ich habe zu oft von ihr geträumt und mein Traum hat dieses Wunder bewirkt, schoss es mir durch den Sinn. Ich bin in Wirklichkeit sein Vater. Doch gleich darauf dachte ich: Ich habe mit all diesen geheimnisvollen Vorgängen nichts zu tun. Vater hatte es doch gesagt, die Allmacht will sich verkörpern. Yahwe begibt sich in Mariyah. „Ja, Jahwe", betete ich und ging zu Maria, berührte sachte ihre Hand. Sie sah mir tief in die Augen. Vater sprach weiter mit dem Ton eines Engels:

„Wer jetzt noch reden, klagen, keifen oder gar zweifeln will, der soll hinaus in die Einöde ziehen. In der Wüste soll er als Ausgegrenzter schmachten. Ich erlaube keinem in Nazareth, Maria zu verachten. Jene werden wir strafen die ihrem Kind nicht wohlgesonnen sind oder gar nach seinem Leben trachten. Hier aber in meinem Haus gibt es nichts zu sühnen." Und als er endete, klang seine Stimme wieder wie seine eigene, bestimmend und gewaltig: „Ein himmlischer Bote ist mir erschienen."

Wieder herrschte betretene Stille. Die Räte von Nazareth nickten ehrfurchtsvoll und zogen von dannen. Leichtigkeit und Freude kehrte in unser Haus zurück.

Vater befahl mich am selben Abend vor den Schrein. Wir sprachen das „Shema Israel", das „Höre, Israel" zusammen, ehe er sagte:

„Gott sendet seine Zeichen. Jakob, weißt du, was es bedeutet ein Mann zu sein?" Ich antwortete: „Nein."

Er erzählte, wie es über einen käme und man sich kaum versäh, und schon hätte man etwas gezeugt. Vorsichtig müsste der Mann sein, um seinem Stamm nicht zu schaden. Mit Worten, Gedanken, sogar Träumen. Schnell würde neues Leben aus der Lende des Mannes entstehen. Und wenn die Stämme nicht rein gehalten würden, könnten bald Brüder sich bekriegen oder feindlich gesinnt sein. Auf die Gesetze zu achten, gehöre zum göttlichen Plan.

Vater teilte mir weitere Geheimnisse mit, und wir sprachen den ganzen Abend lang. Er hatte in den drei

Tagen seiner Askese tiefe Einsicht gewonnen. Zum Schluss befahl er:

„Merke dir eins, Jakob. Ein Mann muss das Schweigen beherrschen. Geh in die Wüste, übe dich darin und komm erst zurück, wenn du Kenntnis über deine Träume, deine Worte und deine Gedanken erlangt hast."

Wir besiegelten unseren Austausch in Stille. Am nächsten Morgen packte ich meine Sachen und zog davon ohne mich von Maria zu verabschieden.

Zitternd

schloss ich mein Nähkästchen. Ich hatte den Buchstaben Shin auf ein Hemdchen für Marias Kind gestickt. Nun war die Zeit gekommen, in der ich getrost zu meinem Haus und zu meinem Ehemann Joachim zurückkehren konnte. Wir beide würden einander beistehen und zu dem für uns bestimmten Zeitpunkt sterben. Maria war gesegnet und geschützt. Joseph hatte beschlossen, mit der schwangeren Maria fortzuziehen. Der König Augustus wollte Ordnung schaffen und hatte dazu aufgerufen, dass die Patriarchen und ihre Söhne sich in die Steuerlisten eintragen lassen müssten. Joseph würde zur Heimat seines Stammesvaters David nach Jerusalem in Judäa ziehen und die Söhne Jakob, Jose, Judas und Simon mitnehmen. Zudem plante er, Maria den Priestern im Tempel zu Jerusalem als sein angetrautes Weib vorzustellen.

All das Erschütternde um die Schwangerschaft hatte sich gelegt. Ich wollte nicht mehr darüber nachdenken, wie Maria ihr Kind empfangen hatte, ich glaubte fest daran, dass überirdische Kräfte am Werk waren, und schwieg. Es war ein fröhlicher Abschied. Marias Freude auf Jerusalem steckte alle an. Der Tempel war schließlich ihre wahre Heimat.

Keuchend

ließen wir uns auf einem Felsvorsprung vor einem Höhleneingang nieder. Schnell säuberte ich mein Gefieder. Mein Weib war aus Nazareth in unseren Tempel geflogen und hatte mich sofort aufgefordert, mit ihr in die Lüfte zu schweben. „Gruuuuhhhuuhu", damit hatte sie mir mitgeteilt, dass unsere Ahne rufen würde. Tatsächlich vernahm auch ich die Engelsstimme als säuselnden Ton, der uns nach Bethlehem gelockt hatte. „Die Niederkunft Marias wird hier geschehen", sagte die Stimme unserer Urahne. Schon sahen wir die Esel und die Maultiere Josephs herbeiziehen. Wir erschraken, wie hilflos Maria sich krümmte, um auf einen Stein niederzusinken. Tonlos zirpte ich: „Oh je, für ein Nest ist der doch viel zu flach und zu rutschig." Gleich darauf sah ich, wie Joseph sie in die Felsöffnung trug. Doch, welch Pech für uns, er hängte eine Decke in den Eingang, und wir waren ausgeschlossen. Seine Söhne mit der ganzen Karawane lagerten draußen unterhalb der Felsspalte. Nur der Esel, auf dem Ria geritten war, trabte ihnen nach und ein einzelnes weißes Rind verließ seine Herde. Es folgte neugierig dem Esel durch den Vorhang.

„Lass uns warten, du weißt doch, das Legen des Eies wird schnell geschehen“, gurrte mein Täubchen zutraulich und schnäbelte mir zu:

„Aber lang dauert das Brüten. Wir finden schon bald ein Loch in der Decke und helfen ihr dann beim Hüten!“

Kaum hatten wir unsere Köpfe ins Federkleid gesenkt, schoss ein heller Lichtstrahl vom Himmel herab. Er sah aus wie ein Stern mit einem Schweif. „Wach auf“, weckte ich mein Täubchen. Dann hob sich die Decke und Joseph eilte heraus. Zügig ritt er auf einem der Esel fort.

„Komm, erfüllen wir unseren Zweck und fliegen hinein.“

Ria lag vor uns und sah uns nicht. Sie bäumte sich plötzlich auf und ihre Vogelseele flatterte. Mit unseren Flügeln fächelten wir ihrem Leib Kühlung zu. Perlen aus Schweiß standen auf ihrer Stirn. Plötzlich sah ich ein großes rundes Ei an einer langen Schnur.

„Taube, trenne mich vom Verbundensein! Es will siegen und fliegen!“, rief sie aus. Sie war ganz allein. Nur die feine weiße Kuh, die ihr hineingefolgt war, kam herbei und leckte das rote Wesen ohne Schale. Der Esel wieherte. Ich durchhackte eifrig die Nabelschnur mit dem Schnabel. Ein Mirakel war geschehen und sein Geist überkam mich. Für eine Weile war ich in Vogelstarre.

Voll Kraft

bliesen die Winde, als trügen sie den gesamten Weltenraum in sich. Dann fiel eine große Sternschnuppe langsam herab. „Lasst uns das Neugeborene nicht mit schrecklichem Licht blenden und unsere Gabe der Vorausschau zur Rücksicht hinwenden.“ Verstreute Erwartungen lagen über Bethlehem. Als wir hinter den Felsen im Inneren einer Höhle sanftmütig und schwesterlich unter Esel und Rind standen und gemeinsam auf das Wunder des Anfangs schauten, waren alle am Staunen. Zwei weiße Tauben gurrten leise. Dann der Schrei. Des Irdischen so sehr entwöhnt, erschien es uns als Lockruf des Todes, sein neues, volles Leben. Gavri-el wachte hinter Maria. Seine segnenden Hände waren auf den ihren und auf ihrem Haar. Wir jubilierten. Und wer wolle Jubel stören? Joseph trat in diesem Augenblick mit zwei Hebammen herein. Er frohlockte, jedoch die Hebamme Salome blickte misstrauisch drein. Ertrug sie den Anblick dieses Glückes nicht? Unversehrt und rein wiegte Maria der Engel Kind. Salome kehrte sich ab und ging nach draußen in die dunkle Nacht. „Für uns gibt es nichts mehr zu tun, auch sah ich kein Blut“, hörten wir sie mit ungläubiger Stimme der anderen Hebamme, die ihr nach draußen gefolgt war, zuflüstern. Hirten kamen mit ihren Schafen herbei und drängten sich in die Höhle. Sie schauten gelassen in das freudige Glühen des Erdensohns und knieten nieder. Den Ruf „Hinauf ins Licht“, den vernahmen sie nicht. Sie blieben niedergeworfen, um die friedliche Wonne des Kindes zu fühlen. Sagte es nicht: alles wird geheilt werden, wenn ich weile auf Erden!? Nur Salome verwehrte sich der hoffnungsvoll schwärmenden Gedanken. Mutter und Kind, Esel und Kuh waren erfüllt. Salome blieb ungestillt. „Ich, … ich glaube nicht“, flüsterte sie und war sich selbst wichtiger als das Geschehen. „Unheil“, raunten wir und konnten keinen Einhalt gebieten. Können Engel helfen, wenn Lebende zweifeln? Salome ging zurück in die Höhle und trat vor Maria. Gavri-el war am Beben, als er aus Salomes Mund vernahm: ***„Wenn ich nicht meinen Finger hineinlege und ihren Zustand untersuche, so werde ich nicht glauben, dass eine Jungfrau geboren hat“,*** *(Proevangelium des Jakobus 1.19.3) Gavri-el hüllte Maria sofort in seinen Schein, während die Hebamme forschte und untersuchte.* ***„Und sie erhob ein Geschrei: Wehe mir, der Frevlerin, siehe, meine Hand fällt ab vom Feuer.“*** *(P.J. 1.20.1) Gavri-el erleuchtete das Herz der ungläubigen Salome und sprach: „Verkannte! Tritt herbei!* ***Fass das Kind, so wird dir Heilung geschehen.“*** *(P.J.1.20.3) Die Abtrünnige hatte die Gewissheit, dieser Begebenheit musste sie sich anvertrauen, denn sie war in Not. Als sie das Kind an seiner feinen Wange berührte, verging ihr Schmerz. Der Eifer, mit dem sie Maria auf einmal liebkoste, entschuldigende Worte sprach, entging uns nicht.*

„Vertraut!“, sangen wir in der finsteren Nacht, und: „Ist Zweifel, Trübsinn und dunkles Grübeln fort, könnt ihr offenen Auges hinter die Dinge sehen, so werden vor euch Wunder geschehen!

Unser vereintes Engelsheer entschwand und ließ dem menschgewordenen Himmelssohn ein Wiegenlied zurück: „Eins bleibt die Schöpfung, ewiglich unberührt und jungfräulich deine Mutter.“ Die Hirten blickten ins Sternenfirmament und sangen aus voller Brust: „Vereint bleiben die Völker in unserem Land. Unangetastet von des Menschen teilender Hand bleiben Berge, Weiden und Höhen. Kein Riss soll gehen durch der Schafe Schar, der Zusammenhalt unserer Herden bleibe bestehen. Friede herrsche auf Erden!“

Stockend
und viel zu langsam hatte sich unsere Karawane vorwärts bewegt. Wir waren durch ein felsiges Gebirge gezogen. Vater hatte mich zurückgerufen. „Die gesamte Familie muss nach Jerusalem. Jakob wir brauchen dich. Komm jetzt zurück.“ Hochschwanger war Maria beim Aufbruch der Reise gewesen. Ich sah sie kaum an. Oft hielten wir unterwegs, denn sie brauchte Rast. Ich hoffte, dieser Umzug würde bald vorüber sein. „Wann nur sind wir endlich in Jerusalem?“, stöhnte ich leise.

Die Dämmerung war schon niedergestiegen und noch hatten wir unser Ziel nicht erreicht. Plötzlich krümmte Maria sich und stöhnte. Vater schaute besorgt, hob sie vom Esel und trug sie in einen Felsspalt. Jose und ich sahen uns stumm an. Wir wagten nicht, dem Vater zu folgen. Wir weideten unsere Tiere, richteten ein Nachtlager auf dem freien Feld ein und kümmerten uns um Simon. An Schlaf war nicht zu denken, wir mussten Wache halten.

Auf einmal schoss ein fürchterlicher Strahl durch die Dunkelheit. Ein Lichtstreifen blendete meine müden Augen. Schaurig wurde mir zumute, und als Vater – er wirkte völlig aufgeregt – aus dem Felsspalt gerannt kam, um mit dem Maultier fortzureiten, ängstigte ich mich um Maria.

Als ein einziger markerschütternder Schrei die Nacht durchschnitt, war das Maß meiner Befürchtungen voll. Ich rannte durch die Felsspalte in die dunkle Höhle. Maria lag wie ein verlorenes Bündel da, auf einem Bett aus Stroh. Doch als ich ihr näher kam, ich schwöre, nie wieder hab ich ein solch beseeltes Lächeln gesehen. Ihre Lider geschlossen, ihre Lippen leicht geöffnet, das Haar neben dem feinen Gesicht. Überirdisch sah sie aus:

„Maria, unsere Frau, Frau aller Frauen!“, rief ich. Ein warmes Gefühl durchflutete meine Brust, als ich das kleine Wesen innig auf ihr liegen sah. Eine Kuh leckte es mit warmer Zunge, und die Tauben gurrten leise und sanft. Überwältigt kniete ich vor dem Geschehen nieder. Wie viel Zeit verging, weiß ich nicht mehr. Ich war versunken in den Anblick von Mutter und Kind, als Vater zusammen mit zwei Frauen eintrat. Auch er war sofort völlig verzückt. Noch bevor neugierige Hirten hereinkamen, schienen die Begleiterinnen von Joseph von etwas geblendet zu sein, denn sie hielten sich ihre Hände vor die Augen. Ich meinte, der Engel, den ich mit Maria in unserem Innenhof tanzen sah, trat ein. Er sagte mit viel Gesäusel: „Sorge kann jetzt nicht sein.“ Eine der Frauen schrie auf, als würde des Engels Anblick sie erschrecken. Hirten waren unbemerkt hereingekommen und knieten nieder. Sie blickten andächtig auf Mutter und Kind. Einer reichte Maria den stärkenden Schäfertrunk. Kurz darauf setzte Maria sich fröhlich auf und sah den Frauen ins Gesicht. „Kein Blut“, hörte ich sie staunen. Freude erfüllte uns. Lautenspieler, die Flötisten, eine ganze Musiktruppe kam herbei, ich weiß nicht, von wo. Ich glaubte auch noch, den Engel tanzen zu sehen in all dem verrückten Geschehen.

Wir blieben ein paar Tagen dort, um auszuruhen. Träumend saß ich vor der Öffnung in dem Berg, als drei Reiter auf Kamelen auftauchten. Sie blieben vor mir stehen. Die wundersamen Männer blickten zu mir herab. Ihre Worte waren mir nicht verständlich, so dass ich ihnen mit einladenden Gesten andeutete, abzusteigen. Der schwarze Mann mit schillerndem Turban ging aufrecht und stolz in den niederen Höhlenspalt hinein. Ein großer Mann in einem Kaftan aus Gold, mit Weihrauch und Myrrhe, folgte ihm hinterher. Der Dritte, noch erhabener, mit braunem Gesicht und von schlanker Gestalt, entrollte mehrere Karten. Ich verstand, dass es um gewichtige Ereignisse in der Zukunft ging. Vater sprach mit den drei Sterndeutern aus den fernen Ländern durch Zeichen. Maria hob gelassen die Hand. Vater scheuchte mich und meinen Bruder herum, um die drei Edlen mit Speis und Trank zu bedienen. Ausgelegt mit purpur- und scharlachroten Tüchern war nun die Höhle zum märchenhaften Wüstenpalast geworden. Esel und Rind sahen zu. Niemand machte sich mehr Sorgen.

Der Aufruhr

Es erzählen Anna, die Engel, Jakob und die Taube

Ungestüm
wütete Herodes. Er hätte seine Schergen ausgesandt, um alle Neugeborenen im Land um Jerusalem herum zu töten, berichtete der Bote. „Mein Enkelkind! Was geschieht mit Rias Neugeborenem?“, stammelte ich, und dann rief ich energisch:

„Joachim, ruf die Priester und lass uns ein Opfer darbringen. Wir müssen das Unheil abwenden!“

Tags darauf standen wir am Opferaltar. Ich zitterte, als die Ziege geschlachtet wurde und ich das Blut in einer Schale auffing. Herodes hatte die gesamte Sippe der Makkabäer vernichtet, weil sie in Opposition zu ihm standen, seine unschuldige Frau Mariamne ermordet, weil sie dieser Sippe entstammte. Er duldete keine Vielfalt, keine Andersdenkenden. Die Macht sollte ihm verleihen, was er nicht besaß, nämlich ein nobles Wesen. Er, dieser scheußliche Herrscher, war selbst nichts als eine Marionette des großen Römers Augustus. Die von Herodes gebauten Prachtbauten konnten unser Volk nicht über seine Grausamkeit hinwegtäuschen. Insgeheim fürchteten alle, die Stallknechte sowie auch die Stadthalter, von den Römern beherrscht zu werden.

„Wo ist die Prophetin? Wo ist die Ahne, die unser Volk befreit hat mit ihrem Zauber? Sie soll wiederkommen!“, hörte ich das Volk auf den Märkten sagen. Und bei den Zusammenkünften auf Festen sagten manche lachend: „Mirjam, komm wieder, mit deiner Anmut und deinen Liedern! Diesmal sind es nicht wir, die ziehen müssen, sondern die Fremdherrscher werden vertrieben." Und in den dunklen Ecken meines Hofes hörte ich meine Mägde unter sich reden: „Die Römer sollen gehen und als Geschenk Herodes mitnehmen."

Jetzt aber, als wir das Blut in der Schale hochhoben, war nur ein Gebet auf meinen Lippen: Rias Kind sei wie seine Mutter beschützt und gesegnet. Gib ihnen Kraft, du Macht in den Sternen, und nimm unser Opfer an. Als sich die Wolken teilten, vernahm ich eine Stimme aus dem Himmel: „Josephs Frau hat einen Sohn geboren. Er wird Wunder vollbringen. Yahwe wird die Freiheit verkünden. Aufruhr unter die Trägen bringen!" In der folgenden Nacht sah ich im Traum, wie unser geliebtes Land auseinandergerissen wurde und sich in seiner Mitte ein Abgrund auftat. In dieser Mitte floss der Jordan, angewachsen zu einem reißenden Strom, der unser Land unüberwindbar teilte. Die Menschen vom rechten Ufer bekriegten sich mit denen vom linken. Doch dann wandelte sich das Geschehen: meine Ria nahm die Gestalt des Landes an. Friedlich und jungfräulich lag sie da. Mit Brüsten als Hügel, ihr Bauch war Wüste mit einer Oase, und die bewaldeten Berge in Gethsemane ihr Kopf. Auf ihrem Haupt trug sie als Krone die Sterne. Der Jordan entsprang aus ihrer Scheide und floss über ihre ineinander verschlungenen Beine. „Mariyah, Königin, nichts scheidet sich mehr voneinander, du einst unsere verstrittenen Stämme!", dachte ich beim Erwachen.

Einige Tage später kam unser Bote mit der guten Nachricht. Einen Sohn hätte Ria unterwegs geboren. Aber bedeutende Weise aus fernen Ländern seien erschienen: ein indischer Astrologe, ein ägyptischer Hellseher und ein nubischer König. Sie hätten prophezeit: Mariyahwe ist Mutter der Freiheit. Und sie hätten Joseph und seinem Gefolge den Weg, wie sie hinaus aus Herodes Reich finden und nach Ägypten kommen könnten, auf großen Karten gezeigt.

Mein Herz jubilierte. Es hatte sich erfüllt. Im Geist erschien mir die Prophetin Mirjam: „Alles kehrt wieder. Wieder wird eine mit Freude und Tanz die Menschen aus der Knechtschaft befreien und ihr Volk vor den wahnsinnigen Herrschern retten!" In diesem Moment raste ein starker Strom durch meine Brust. Ich empfand einen großen Schmerz und doch ein nie zuvor gekanntes Glück. Dann vollkommene Stille.

Abgewandt

von allen Dingen, zusammengesunken im Dunkeln fanden wir Joachim in des Hauses hinterster Stube. Er haderte mit dem Schicksal. Wir schwebten leise summend über seiner Kümmernis: Joachim, ein Mensch gleicht nicht dem Baume, nie ist er festverwurzelt in der schweren Erde, auch kann er nicht wie ein Vogel abheben. Deine gestern verstorbene Frau Anna aber erfüllt jetzt das Ätherische und ist im weiten Raum. Wenn auch schattenhaft, ist sie Teil von unserer Schar, ist überall. Sie erscheint dir bald im

Traum. Wir Engel wissen oftmals nicht, ob wir durch Tote oder Lebendige gehen. Joachim spürte uns Unsichtbare und unsere Schwingung in der Leere tröstete ihn. „Weine hinauf zu uns!", riefen wir noch und waren weitergezogen.

Schon erschienen wir anderenorts als zuckendes Gewitter vor dem mächtig gewordenen Herodes. Micha-el trat mit erhobenem Schwert hervor, und weil Herodes sich als unbegrenzter Herrscher wähnte, fürchtete er sich vor des Erzengels weit mächtigerem Anblick. Er zitterte in seiner eingemauerten Welt, seine Gedanken verfinsterten sich und mit Schweiß auf der Stirn rief er nach seinen Wachen. „Kontrolliert die wilden Biester!", schrie er laut und fuchtelte mit den Armen. Wir raunten einander leise zu: „Er gibt dem Wunder keinen Raum, der freie Geist muss diesem Zauberer entfliehen. Maria, Gavri-els Geliebte, und ihr gemeinsames Kind, müssen aus der unheimlich gewordenen Provinz schleunigst fort und sich seinem Einfluss entziehen." Unser Engelsheer formierte sich als weitläufige Schar, um dem Unheil entgegenzutreten. „Apokalypse", sangen wir lauthals. Micha-el mit dem Verstand, rein wie Silber, rüttelte die Erde auf, so dass sie bebte. Uri-el mit seiner unüberlegten Launenhaftigkeit brachte Stürme übers Land, Raffa-el mit seiner Leidenschaft ließ die Städte brennen und Gavri-el mit seinen feinen Gefühlen bewirkte, dass die Bäume ihre Blätter abschüttelten. „Die Welt ist im Chaos!", brüllte lauthals der irrsinnig gewordene Führer.

So hatten wir geschickt die Verfolger von unserer Jungfrau und ihrem Kind verwirrt. Sie verloren die Spur, und Maria konnte heimlich in ein anderes Land fliehen. Finster blickende Generäle wurden vom Sturmlicht geblendet, und so wurde ihr Aufmarsch abgewendet. Sie begannen unser Engelswunder zu analysieren, sie beschlossen sogar zu philosophieren. Die Taktik unserer vielfachen

Widerspiegelung blieb ihnen unerklärbar. Die Gewaltigen tappten im Dunkeln.

Und wieder geschah ein Mysterium: Der weise Täufer Johannes wurde unsichtbar, er war eingehüllt in unseren Schein. Er, der längst die Gabe hatte, Zukünftiges zu sehen, konnte nicht verfolgt werden. Johannes hob jetzt ohne Zögern an:

„Ein Heiland ist geboren, ich sing und sag: Niemand ist verloren."

Kochend

vor Wut haderte ich mit dem Schicksal, als ich neben dem Bruder zurück nach Nazareth ritt. Vater war mit Maria und dem Neugeborenen zum fernen Nildelta aufgebrochen. Ich konnte gerade noch Marias Lächeln erhaschen, ihre liliengleiche Hand auf meinem Arm spüren, und schon hatte sie sich umgedreht.

„Wir müssen das Neugeborene in Sicherheit bringen, gehe mit deinem Bruder zurück nach Nazareth, halte das Geschäft, regele die Aufträge", mahnte Vater mich noch beim Abschied.

„Alles wegen dieses Kindes!", schrie ich, ohne meine Wut zu verbergen. Mein jüngerer Bruder sah mich mitleidsvoll an. „Soll es gefälligst zum heiligen Geist aufsteigen oder soll dieser heilige Geist doch endlich herabkommen, um es zu schützen!", sagte ich vorwurfsvoll. Ach dieses Kind, dazu mein überbesorgter Vater, die ganzen Umstände der grausamen Politik des Herodes, sie hatten mir Maria entrissen. Ob ich sie je wiedersehen würde? Der Gedanke nagte an meinem Herzen. Schweigend ritten wir weiter Richtung Nazareth. Als der Pfad an die Steinwüste grenzte, scherte ich aus und rief dem Bruder zu:

„Jose, ich habe andere Aufgaben!“ Mein Bruder rief mir nach:

„Du wirst verhungern und an Durst sterben in dieser Einöde!“ Ich aber trieb das Maultier an, in die Wüste hineinzureiten.

So war es gekommen, dass ich mich in einer steinernen Höhle wiederfand, in der ich viele Jahre blieb. Die ersten Tage hörte ich beständig eine Stimme. Sie sagte dasselbe:

„Überall bin ich. Nichts und Niemand kann mir entkommen!“

„Was jetzt“, dachte ich, „erreicht die Wichtigtuerei des Herrschers Herodes mich auch hier?“ Aber es war das Licht, dass in der Einsamkeit eine Stimme besaß.

Wie von Sinnen, dem Tod nah, ohne Nahrung, wusste ich nicht, was kommen würde. Das Maultier hatte ich seinem Schicksal überlassen und zurückgejagt. Wie eine Fata Morgana erschien eines Tages ein Kamel in der Ferne, kam auf mich zu und hielt an. Eine verhüllte weibliche Gestalt stieg herab. Träumte ich? Sie reichte mir einen Korb mit Datteln:

„Vom Propheten, welcher den Sohn voraussagte.“ Ich aß die Datteln und begriff, dass dies kein Traum war. „Marias Engel?“, fragte ich mich und befürchtete, dem Wahnsinn zu verfallen. Die Frau kam fortan einmal in sieben Tagen und brachte mir Wasser und Nahrung. Es vergingen viele, viele Vollmonde. Die Jahre häuften sich an, ohne dass ich sie zählen konnte. Ich sann nach innen, während meine Augen ins Nichts schauten. Ich bearbeitete den Stein mit meinem Zimmermannsmeißel und schuf Marias Bild.

„Frage mich nichts, die ich nichts weiß, nichts", sagte die mysteriöse Frau, die unermüdlich auf dem Kamel wiederkehrte und mir trockene Früchte darbot.

Eines Tages blieb sie aus. Stattdessen kam eine Karawane vorbeigezogen. Sie brachte die Nachricht, dass der berühmte Priester des Tempels, Zacharias, ermordet in seinem Blute liegend im Inneren der heiligen Kammer aufgefunden worden sei, aber niemand würde wissen, wo Johannes, sein Sohn sich versteckt hielte. Es gäbe da ein Gerücht, er würde mit seiner Mutter in der Wüste leben, ein Fels hätte beide tief ins Berginnere aufgenommen.

„Was weißt du?", fragte der Fremde mit lärmender Stimme und stieg vom Kamel ab. Ich stellte mich stumm. Er trat mich mit den Füßen.

„Lass ihn, er ist es nicht", sagte ein alter Mann, legte mir mit einem mitleidigen Blick Vorräte auf den Stein, und sie zogen fort. Von da an ahnte ich, dass die Frau, die mir das Essen brachte, die Mutter des Johannes sein musste.

Ich meißelte meinen Dank in Form einer Friedenstaube in die Steine. Ein neues Zeitalter würde anbrechen. Ich war nicht verlassen. Es gab eine Verbindung. Verwandtschaft. Johannes Mutter ist Marias Tante. „Maria, du, mein schützender Geist, bist mir nah!", hauchte ich. Propheten müssen in der Wüste leben, wenn die Schrecklichen regieren, wollten sie nicht in Verliesen enden. Fernab der jähzornigen Menschen hämmerte ich heilige Zeichen in den Felsen. Obwohl die Schule mir verhasst gewesen war, nutzte mir jetzt die Kenntnis der Buchstaben.

Als die verschleierte Frau wiederkam, begrüßte ich sie:

„Schalom, ich weiß, du bist die Mutter des Johannes!" Da entblößte sie ihr Antlitz. Ihre Züge waren hart wie Stein, ihre Augen aber ein Meer aus Güte.

„Komm mit in unsere Höhle und treffe deinen Bruder Johannes."

Von da an konnte ich wieder mit Menschen sprechen.

Benommen

flog ich auf. Ein Stein hatte mich getroffen.

„Entfliehe, Wüstlinge sind um dich!" Ich hob ab. Doch der Schmerz plagte mich arg in den Lüften und ich suchte Halt. Auf dem ersten Tempeltor war ein Landeplatz. Kläglich sank ich zusammen in mein Gefieder. Aus einer Nische im Gemäuer hörte ich ein Gurren. Mein Täubchen war mit seinen Freundinnen dort zum Fabulieren versammelt. Das Weibergeschnatter beruhigte das Klopfen hinter meiner Brust.

Mein Weibchen hatte Nazareth verlassen und war zu mir gezogen. Maria und Joseph weilten nicht mehr dort, waren weit fort in einem fremden Land im Süden. Allein wollte die kluge Taube nicht dort sein, und so war sie zu mir geflogen. Sie wollte fortan in meiner Nähe weilen. Schließlich wurden wir älter und weite Flüge machten uns zu schaffen.

Wenn Steine flogen und Tauben getroffen wurden, war es vorbei mit dem Frieden auf Erden. Diesmal erkannte ich das Zeichen. Die Priester im Tempel aber waren ahnungslos in ihren Ritualen gefangen. Die Menschen vor dem Tempel schienen mir aufgebracht und entrüstet zu sein. Warum, das wussten wir Tauben nicht. Aber wir wussten: Jetzt galt es in dunklen Ecken und Nischen Schutz zu suchen vor der gemeinen Fluchen.

Agape, die Liebe

Es erzählen Anna aus dem Totenreich, Jakob aus der Wüste, die Engel und die Brieftauben

Schwerelos

war ich. Die Sterne schienen zum Berühren nahe, und gleichzeitig hatte ich einen Blick auf die Geschehnisse der Welt. Irdisches und Himmlisches lagen beieinander. Das ist es, was sie Tod nennen. Ich musste gestorben sein. „Es ist wundervoll", hörte ich meine Stimme. Sie jubilierte.

Auf Joachim schauend, erkannte ich, dass er um mich trauerte. Ich sah ihn vor meinem Leichnam stehen.

„Das bin ich nicht!“, wollte ich ihm zurufen und: „Wach auf, sieh doch, ich bin jetzt frei!“ Gleichzeitig weilte ich bei Maria und sah meinen Enkel weinen, hatte jedoch kein Verlangen, ihn zu wiegen. Marias Zärtlichkeit erfüllte mich. Ich vermisste nichts. Das Jammern Josephs: „Mein verlorenes Land, meine verlassene Zimmerei, was tun wir in der Fremde?“, erschreckte mich nicht.

Lebende haben diese Sichtweise nicht. Aber alle werden sie einmal **das Kleid ihres sterblichen Leibes abstreifen und das sein, was sie dem Heiligen Geist nach sind**. (Akte Petri Martyrium 12) Mit unerschütterlichem Gleichmut sah ich die Lebenden, die mich – ich musste gestaltlos sein – nicht sehen konnten. Vielleicht spürte sie mich? Wie übermütig Maria in der Fremde umherging! Ich weilte in Ägypten, sah dabei, wie Jakob in der Wüste in Galiläa hauste, und dazu noch meinen Gemahl in unserem Haus, als läge keine Distanz mehr zwischen den verschiedenen Orten. Joseph hatte auf dem Gelände seines Gastgebers ein fürstliches Zelt aufschlagen lassen. Ich vernahm, wie er über Mirjam, die Ahne, und die alte Verbindung des Hauses David mit den Nachkommen der Pharaonentochter sprach. Der weise Joseph hat daran angeknüpft. Und ein anderer Ahnherr, der auch Joseph hieß – ein Sohn des Jakob, der dem Pharao und Gemahl der Nofretete, dem Anbeter der Sonne, einst gedient hatte – auch er stand in glänzender Gestalt vor mir. Eine Erscheinung? Vergangenheit und Gegenwart vermischten sich in meiner jetzigen Wahrnehmung. Ich freute mich, wie freundlich Maria in der

Fremde willkommen geheißen wurde, sah sie in einem vornehmen Palast speisen. Wie die königlichen Ägypter mit Maria und Immanuel scherzten, beglückte mich.

„Die Statue einer Sklavin steht im alten verlassenen Palast eines ehemaligen Pharao. Es ist Iokabeth, unsere Ahne“, hörte ich Joseph Maria belehren. Ahnengeraune überall. Alle waren mir nah. Frauen aus Jahrtausenden drängten sich auf einmal um mich. Ich war Teil von ihnen. Zeit war für mich nicht mehr. Als würde ich in des Engels Schwingen liegen, schwebte ich durch die Zeitalter. Immanuel tat seine ersten Schritte, und wieder flog ich und sah hinab, und schon war er herangewachsen zum Lausejungen. Er zog an dem langen Haar der Mutter und trieb seinen Schabernack mit ihr. Unbändiges Lachen erklang. Ich sah, wie Maria tanzte und sang und wie sie Joseph verführte. Mit welchem Charme sie den Nil entlang ging, wie sie gleich den ägyptischen Frauen die Brüste unbedeckt trug, während ihr Bauch in schwarze Tücher mit kostbarer Stickerei geschmückt gehüllt war. Immanuel folgte ihr. Das weltliche Leben schien mir eine vorübergehende Spiegelung. Ich betrachtete. Weder Zeit noch Raum waren für mich von Bedeutung. Maria, die freudig in Ägypten weilte, doch manchmal von Jakob, dem Zurückgelassenen, sprach, und jener zurückgebliebene Jakob, der sich einer Vision Marias verschrieben hatte, waren beide, jetzt, wo ich Gedanken- und Traumleserin war, auf eigenartige Weise verbunden. Könnten sie mich hören, dann hätten sie vernommen: Eure Trennung gibt es nicht, in meiner Wahrnehmung seit ihr euch ganz nah. Weil meine

Kinder in einer anderen Wirklichkeit weilten, zog ich mich mehr und mehr aus meinem Schauen zurück. Allmählich verflossen vor mir Bilder und Geschehen. Ich spürte Leere. Und Glück.

Geblendet

von der Sonne Kraft suchte ich nach Fassung: Wer bin ich, Jakob, des Zimmermannes Sohn? Bin ich ein Asket der Wüste, ohne Herkunft und ohne Namen? Bin ich zum Engel geworden? Zu einem solchen, wie er Maria erschienen war, kurz nachdem sie meines Vaters Haus betreten hatte? Die Hitze der Wüste legte sich flirrend über meine Gedanken. Ich sah mich auf dem Kopf stehend, meine Arme ausbreitend. Sah ich das Kreuz vorher? Hundertfach sah ich es, sah dann wieder mich selbst. Freudvoll schaukelte ich mich hin und her, und die vielen Gestalten schwangen mit, aus ihren Bewegungen wurden Flügel. „Könnte ich wie die Tauben zu Maria fliegen!" Kaum ausgerufen, breitete sich Ekstase in mir aus und ich schrie: „Es ist möglich!" Laut jubilierte ich in den kargen Wüstenbergen:

„Licht! **Mit Worten unfassbar und untrennbar ist das Band der Liebe. Wir kreuzen uns, das Kreuz ist der Baum des Lebens, er zerstört die Herrschaft des Todes, zeigt die ewige Heimat.**" (Akte Petri Martyrium 12.3) Die Fata Morgana bildete einen Hohlspiegel, glich einer Lichtsäule und offenbarte mir Mysterien des Seins. Maria stand zwischen meinen Flügeln, und ich drehte mich hin und her, groß wurde ich, bis ich nur noch mein Auge sah. Inmitten meiner Pupille wieder sie. Und sie blieb, tagelang, ich schlief nicht mehr und wurde rasend. Ich brannte, ich dürstete nach Erlösung. An jenem Tage wurde ich verrückt.

Flirrend

über den sandigen Dünen verwehend, klang unser Lachen durch die Wüsten. Engelslachen sei selten, hörten wir manchmal Menschen sagen. Aber Immanuel, unser Engelskind, machte uns Freude. Es scherzte mit den ägyptischen Frauen und nannte sie alle Mutter. „Der Gedanke, sie mit seiner leiblichen Mutter zu verwechseln, kann nicht entstehen, denn unser Sohn lässt alle gleichermaßen in seine Liebe eingehen. Er tanzt auf seinen kleinen Füßen, als würde er die Erde kaum berühren, er spielt am Meer, ohne nass zu werden, und er klettert auf Bäume, ohne ihre Zweige zu brechen", sangen wir in höchsten Tönen. Die Engelslehre hatte Früchte getragen. Der Kleine schien seiner Welt zuzurufen: **Beschädigt die Erde nicht, noch das Meer, noch die Bäume.** *(Offenbarung Johannes 1. 7.3)*

Maria hingegen zeigte sich ein wenig verwirrt. Ihr Mutterglück ließ sie einfach nur schweben. Dann verwechselte sie die Dinge in ihrem Bestreben, uns nah zu sein. In den gelben Augen der Sphinx erblickte sie die Engelsnatur und sagte: „Löse mein Rätsel, Engel!" Maria, nun bist du rätselhaft. Sieh, mit einer steinernen Gottheit hast du uns vertauscht. Menschen, wenn sie weit weg von ihrer Herkunft leben, unterliegen dem Traum. Sie leben in dem Wahn, das Fremde sei Heimat, und Vertrautes ist dann schnell vergessen. „Maria, erwache, du irrst." Doch lange würde ihre Täuschung nicht fortbestehen.

Herrlich
wichtig fühlten wir uns. Den anderen Tauben überlegen. Stolz und zügig schwebten wir durch die Lüfte. Meine Schwester und ich sind die Nachkommen einer Tempeltaube. Wir wurden von einem Priester als Briefboten ausgebildet. Wir zeigten uns begabt und gelehrig und bekamen bald Aufträge, hin und her zu fliegen. Das Schicksal führte uns jedoch in die Wüste. Durstig landeten wir vor der Behausung eines Einsiedlers. Jakob war so gut zu uns und schien uns zu verstehen, dass wir bald die gemeinsamen Verbindungen erkannten. Unsere Taubeneltern hatten in Jakobs Vaterhaus gelebt. Wie oft hatte unsere Mutter Geschichten über die wundersame Jungfrau Maria erzählt. Als wir Jakobs Leid sahen, seinen Seufzer „Maria“ hörten, beschlossen wir, ihm mit unseren Künsten zu helfen. Jakob sah unsere Beringung am Fußgelenk und der kluge Junge steckte seine Botschaften an ihnen fest. Wir flogen los, weit hinüber über das Rote Meer zu der Verkörperung von Jakobs Sehnsucht.

Unbeschwert kamen wir angesegelt und nach einigem Suchen landetet wir auf Josephs Zelt. Nur kurz verschnauften wir. Dann trippelten wir behände vor dem Wüstenzelt auf und ab, um die Aufmerksamkeit auf uns zu ziehen. Ein Mädchen sah uns. Es schritt, wie unsere Mutter es beschrieben hatte: „Das Kind fließt dahin wie ein Schwan auf dem Wasser.“

„Grrugrru“, sangen wir. Es blickte überrascht auf:

„Täubchen kommt“, rief eine Stimme so hell, so rein. Ich wollte zunächst ein wenig mit dem Mädchen spielen, flog auf und nieder, glitt eine Weile durch die Lüfte, bis ich mich endlich auf seine Schulter setzte.

„Das Zeichen“, jubilierte es, neigte sein Gesicht zu mir und rieb sich mit warmer Nase an meinem Vogelleib. Ich flüsterte „gru gru“, es antwortete „mmm“ und seine Augen blinkten und lachten, ich glaubte, es scherzte. Doch wie sich sein Blick weitete, als es den Ring um mein Gelenk sah! Ich hüpfte weg, wollte es necken. „Ich bin Maria. Komm, ich will nicht nach dir haschen.“ Mittlerweile war auch meine Schwester mit im Spiel. Sie war scheu und hatte ein wenig Angst. Auch sie trug eine Botschaft. Als ich Maria länger in Augenschein nahm, beobachtete, wie sie versuchte, meine Schwestertaube zu greifen, sah ich, dass sie eine erwachsene Frau war. Schwesterchen flatterte noch ein paar Mal aufgeregt auf und nieder, plusterte ihr Gefieder und ließ sich dann fassen. Zutraulich trippelte ich auf die beiden zu. Maria fütterte uns mit Körnern. Gern hörte ich ihrer Sprache zu. Sie klang nach einem fremden Taubendialekt. Sanft hüpfte ich in ihren Schoß. Sie entnahm vorsichtig den Brief aus meinem Ring um das Fußgelenk.

Ich wusste nicht, was Jakob in der Wüste aufgeschrieben hatte, denn wir waren ja des Entzifferns der Buchstaben nicht mächtig. Und mir schien, diese wunderschöne Tänzerin hatte einen Bauch. Würden in dem vielleicht Eier sein? Jedenfalls traute ich ihr und blieb nahe bei ihr. Wir hatten durch die vielen Erzählungen unserer Taubeneltern über Maria und Joseph geahnt, dass diese vielleicht eines Tages fliegen können würde.

Schon deshalb hatten wir uns auf diese weite Reise eingelassen.

„Maria, komm bitte zurück. Ein Volk erwartet dich und deinen Sohn." Laut las sie aus dem Briefchen vor. Mir war, als würden sich ihre Fittiche öffnen, um zurück nach Galiläa zu fliegen. Sie trug kleine Ketten um ihre Fußgelenke wie wir, ihre aber läuteten und klangen.

„Joseph, lass uns zurück nach Nazareth gehen!", rief sie aufgeregt. Wir glaubten tatsächlich, sie würde abheben und fliegen. Unter dem weißen Baldachin des Zeltes kam ein weißhaariger Mann hervor. Er blieb stehen, lehnte sich auf einen Stab, schien schon mit dem Boden verwurzelt zu sein, während die junge Frau ausrief:

„Herodes, der Schreckliche, ist gezähmt. Die Tauben brachten diese Botschaft. Jetzt siegt dort die Liebe!"

Das Märtyrertum

Es erzählen Jakob, die Engel sowie Anna aus dem Reich der Toten.

Endlos

wölbte sich der Himmel über meiner Einsiedelei in der felsigen Wüste. Tagsüber gab es kein Entrinnen aus seiner Unendlichkeit. Wie viel Zeit vergangen war seitdem ich hier hauste, das wusste ich nicht. Nur

Johannes Mutter kam in regelmäßigen Abständen und brachte Nahrung. Sie war das Zeichen, es gibt noch das Leben. Stille bedeckte die Dinge, ihrer Sanftmut zu lauschen, rettete mich vor dem Irrsinn. Kam die Dunkelheit, wanderte ich durch ihr Tor ins Land der Toten. Mein Schlaf war tief und traumlos, bis mich die gnadenlose Sonne zurückholte in den nächsten Wahn.

Wie viele Jahre vergingen, zählte ich nicht. Bar jedes Begriffes der Zeit brannte ich und dürstete nach Erlösung. Manchmal fürchtete ich mich, verrückt zu sein. Dann sah ich nur mich. Kurz darauf wieder nur sie, die einzige Frau, die ich liebte. Maria. Getrennt schien alles. Als meine Aufmerksamkeit von der hinabsteigenden Sonne angezogen wurde, so dass ich hinaufschaute, und das ewige Firmament mir den Seufzer „Oh" entlockte, verwischten sich die Grenzen zwischen meinem und ihrem Leben. Die Entfernung, die zwischen uns lag, zerbröselte.

Die kleine sprudelnde Quelle, die ich endlich in der Höhle im Fels entdeckte, brachte mich auf die Erde zurück. Ich lauschte dem tropfenden Wasser so lange, bis es zum Wispern einer Frauenstimme wurde. Ihrer. Die Wolken zogen fort. Ich nahm sie als das Fliehen eines aufgeschreckten Weibes war. Mein Blick entschlüsselte die Welt als kosmische Frau, die Felsbrocken bildeten ihre Hüften. Und das Purpurband am Abendhimmel glich den Lippen jeder Frau. Da entdeckte ich, dass Maria überall war. Die Sehnsucht schwieg.

Eines Morgens näherte sich wieder Johannes Mutter auf dem Kamel. Aber diesmal saß noch eine andere Gestalt hinter ihr. War das Wirklichkeit oder ein weiteres Trugbild? Sie stiegen beide ab. Ein hochgewachsener Mann, nur ein wenig älter als ich, trug den Korb mit den Datteln. „Nimm und iss! Frage nichts!“, sagte er. Ich war sprachlos. Lange hatte ich keinen Mann mehr gesehen. Ich ahnte es: das ist er, der Verkündiger, den Herodes töten wollte. Auch er hatte Zuflucht in der Einöde der Wüste genommen. Mich verfolgte die Liebe einer Frau, ihn verfolgte der Hass des Herrschers. Ich fiel vor ihm nieder und grüßte ihn mit „Willkommen Johannes“. Er lächelte mit dem abgrundtiefen Lächeln, das ihm das Leben in der Wüste geschenkt hatte. Seine Augen, die von der eintönigen Einsamkeit gezähmt in meine blickten, kündeten von unserer Wesensgleichheit. Ich fühlte mich ohnmächtig. Wussten wir nicht beide von einem Sohn, der viele Väter hatte, solche wie Licht, Luft und Staub? Unsere Träume von Liebe und Befreiung hatten ihn gezeugt. Johannes und mich verband ein Geheimnis. Er stand aufrecht und still, wie ein Fels. Sein Gesicht war weder schön noch hässlich, es zog mich in seinen Bann. Ohne Umschweife einer Begrüßung sagte er:

„Junger Bruder, den Mutter seit langem mit Datteln und Nüssen nährt, wir müssen jetzt zurück zum Jordan. Die Zeit ist gekommen, um das Bewusstsein zu transformieren. Das Zeitalter des Erwachens hat begonnen. Er, noch ein Knabe, du weißt, von wem ich spreche, wird uns als große Inspiration vorangehen. Lass uns ins Wasser hinabtauchen, um aufzusteigen in die Liebe. Am Ufer muss ich verkündigen: ‚Menschen der neuen Zeit, flieht vor dem Terror und der Gier der Mächtigen, lasst die Abhängigkeit an Dinge hinter euch, flieht ins Unfassbare der geistigen Welt!' Komm mit uns, großer Bruder des Immanuel."

Ich sah die Falten in dem feinen Gesicht von Johannes Mutter. Sie waren Buchstaben auf Pergament, aus denen ich las: „Mein Sohn, schwere Aufgaben habe ich bewältigt. Doch liegen noch viel schwerwiegendere vor uns." Mit warmer Stimme sprach sie:

„Marias Sohn wird euch helfen, die Ignoranten aufzuschrecken, die Geizigen zu heilen, Gewalt zu besiegen und Kriege zu beenden."

Er ist auch mein Sohn, dachte ich, und schämte mich meiner Überheblichkeit. Dann packte ich meine wenigen Sachen zusammen und schnürte sie zu einem Bündel. Ohne mich noch einmal umzusehen, zog ich mit den beiden zusammen auf einem einzigen Kamel in die Wüste gen Osten. Vorbeiziehende Nomaden schenkten uns Manna. Sie führten viele Kamele mit sich. Nazareth war ihr Ziel. Sie erschienen mir als das Zeichen, das sagte, geh zurück zu deines Vaters Haus. Ich trennte mich von meinen Gefährten und schloss mich der fremden Karawane an.

Auf langen Wanderungen von Oase zu Oase gingen wieder Jahre dahin, bis wir endlich Nazareth erreichten. Es war Sabbat. Die Sonne stand schon tief am Himmel. Mein Haar war wild und nicht geschnitten, mein langer Bart verfilzt, meine Kleider zerfetzt. Als Fremder kam ich in die Heimat zurück. Zum Bach in der Nähe unseres Hauses lenkte ich meine Schritte. Ich wollte mich waschen, bevor ich meines Vaters Haus betrat. Verheißungsvoll wisperte es aus den Lüften: „Es wird die Nacht der Erfüllung. Maria, Vater, die Brüder und Immanuel werden in mein Antlitz sehen. Erwartungsvoll erreichte ich das Ufer und betrachtete die blühenden Lilien, die ihre Köpfe schon gesenkt hatten, um sich in den Schlaf zu wiegen, als mir ein Knabe von etwa acht oder neun Jahren auffiel. Er spielte versunken und ganz allein im Schlamm des Flusses. Sein feines Gesicht war von schwarzen Locken umgeben, langgliedrig seine Gestalt. Er zog mich auf unerklärliche Weise an. Ich versteckte mich hinter einem Busch, um ihm zuzusehen. Eifrig formte er aus dem Lehm des Flusses kleine Gegenstände. Mein Herz stockte. Diese Anmut kannte ich von Maria. Erschrocken verharrte ich. „Immanuel", flüsterte ich überglücklich, „unser Kind." Ein warmer Strom durchfloss meine Adern. Es waren kleine Vögel, die er aus dem Dreck formte.

„Was machst du da?", platzte es aus mir heraus, als ich aus dem Blattwerk hervortrat. Durchdringend blickten seine hellbraunen Augen mich an. Ich sah in ihnen Vögel, Berge, Wälder und Wüsten. Ich sah mich selbst. „Er ist es, er ist es, durch sie, seine Mutter, ist er so reif, so überirdisch schön", frohlockte die innere Stimme, und ich sagte: „Alles ist heilig, denn sie ist in der Nähe!" Der Knabe widmete sich wieder den Lehmspatzen.

„Wo ist deine Mutter?" Nachdem er wieder nicht antwortete, wiederholte ich:

„Was machst du da?"

„Kannst du nicht sehen, was ich tue? **Ich forme zwölf Spatzen aus dem Lehm. Meine Mutter weiß davon.**“ (Kindheitsevangelium, 2. Apokryph)

Kaum hatte er zu Ende gesprochen, wurden wir von einem vorbeikommenden Schriftgelehrten gestört. Er schimpfte mit dem Knaben:

„Was schaffst du hier? Es ist nicht richtig, solches am Sabbat zu tun. Pass auf, ich werde deinen Eltern erzählen, dass du den Sabbat entweiht hast.“ Noch bevor ich das Kind verteidigen konnte, klatschte es in die Hände. Da regten die Lehmspatzen sich, breiteten ihre Flügel aus und flogen laut tschilpend davon. Der Schriftgelehrte sank vor Erschütterung auf die Knie.

Mir, der die Wüstenwinde kannte und den Engeln gelauscht hatte, bedeuteten der Sabbat oder die Gebote nichts mehr. Ich beugte mich dem Gesetz der Erde und des Himmels. Sie wirkten zusammen. Wer die Erde nicht ehrt, wird nie in die Himmel gelangen. Und wer die Himmel nicht fürchtet, kann niemals die Erde verstehen. Das hatte der Kleine den überaus beflissenen Geistlichen soeben gelehrt.

„Führe mich in das Haus deiner Mutter“, sagte ich mit dem strengen Ton der Erwachsenen zu dem Kind. „Ich gehöre zu euch.“ Er nahm mich vertraulich an der Hand, und wir gingen gemeinsam in des Vaters Haus. Der Schriftgelehrte blieb auf den Knien zurück. „Erde hebe mich hinauf, fliegen will ich, genauso wie die Vögel aus Lehm in die Lüfte schwebten. Es ist ein Wunder, nach allem bin ich ihr, Maria, die mir das Licht des

Universums offenbaren kann, ganz nah“, flüsterte ich mit pochendem Herzen.

Und nicht wie ein Wirbelwind, nicht wie eine aufgeregte Brise an einem heißen Tag, sondern leise und unmerklich, wie eine geheimnisvolle Flamme, stand sie vor mir. Sie offenbarte mir in einem Blick das Mysterium der Liebe.

Mit zärtlicher Geste

zog Maria Immanuel das schmutzige Hemd aus. „Gavri-el, löse dich aus unserer Schar und sag es ihr“, flüsterten wir. So wie der Tag den östlichen Himmel besäumte, wurde Gavri-el im Dunkel einer Nische von Josephs Haus zum leuchtenden Streifen. Jedoch einzig Maria sah hin und vernahm seine Strophen: „Aus dir wurde geboren, was längst geboren war, was ewig ist und deshalb nie geboren werden kann. Immanuel ist durch dich hindurch gezogen. Du hast ihn nicht mit einem Samen empfangen, sondern er ist aus der ganzen Schöpfung hervorgegangen. Zwischen dem Heiligen Geist und dessen himmlischem Sohn bist du der liebliche Ton. Lass ihn jetzt ziehen. Vergiss das Netz der Triebe, erheb dich auch über Mutterliebe. Wenn Glück dir fast die Brust zerreißt und dir noch mal das einst so schön Verbundene zeigt, lasse los. Wind trägt den Blütenstaub fort, du aber wie eine Blume bleibe an diesem Ort.“

Wunschlos,

ganz Geist geworden, spürte ich manchmal noch meine Tochter, dann, wenn sie „oh Mutter“ rief. Ihr Gang war das Wiegen der Gräser im Wind. „Ria, lass dich von nichts aus dem Lot bringen, höre mich jetzt als Engel über dir singen. Fürchte nicht den Tod. Ich bleibe der schützende Flügel über dir.“ Sie kannte weder Gier noch Neid, und ein jeder, dem sie begegnete und der unter solchen Plagen litt, tat ihr leid. Sie selbst war mitfühlende Liebe.

Das Sakrament

Es erzählen Jakob, die Engel und wieder Jakob

Ungeduldig

beobachte ich unsere Ima, meine geliebte Mata Ria, wie sie hierhin und dorthin huschte. Ich konnte aber nichts ausrichten. Zwar hatten wir Immanuel in Jerusalem gefunden, aber kaum waren ein paar Tage vergangen, an denen er mit uns gefeiert hatte, war er wieder fort gewesen. Marias Aufregung hinterließ Strahlen. Ihre feingliedrige Gestalt war von einem blauen Tuch umhüllt. Ein Juwel glitzerte an ihrem Hals. Ihre langen Finger hielten sich an dem Gemäuer fest, dann wieder berührten sie sanft einen Türrahmen, sie tasteten, erforschten, suchten. Ihr Blick spähte durch einen Spalt in ein fremdes Haus – und schon war sie weitergelaufen. Dabei wirkte sie fast körperlos. Sie suchte nach Immanuel. Nie zuvor hatte ich sie so gehetzt gesehen, fast wie ein Irrlicht flatterte sie durch die Gassen des fremden Ortes.

Unsere Familie, die jetzt aus Joseph, meinem Vater, meinen drei Brüdern, dazu Joses Frau, Maria und ihrer kleinen Tochter bestand, war, wie viele andere Familien, aus Nazareth zum Passahfest nach Jerusalem gereist. Wir hatten drei Tage lang gefeiert. Gegessen und gesungen. Getanzt und gebetet. Ich hatte Maria nah sein können und ihre Anmut mit meinen Blicken aufgesogen. Sie war mit den Jahren fraulicher und runder geworden. Allein ihre Schönheit zu sehen, gab mir das Gefühl von Geborgenheit. Im Angesicht ihrer göttlichen Ausstrahlung fühlte ich Zuneigung zu allen Kreaturen. Wir traten den Rückweg nach Nazareth an. Jose und seine junge Frau waren mit Judas vorneweg geritten, Simon und ich waren Maria mit ihrem kleinen Mädchen gefolgt, Joseph und Immanuel hatten den Schluss der Karawane gebildet. Joseph war in sich versunken und hatte nicht bemerkt, wie Immanuel ausgeschert war. Warum auch sollte er nicht auf Entdeckungen gehen? Ich hatte es gespürt, er wollte nicht zurück mit uns nach Nazareth, obwohl wir alle es gehofft hatten. Er war reifer als die Jungen seines Alters. Immanuel war an der Schwelle zum Mannsein. Sicher war er auf etwas gestoßen, dass ihm eine Tür öffnete, so dass er völlig vergessen hatte, sich von seiner Mutter zu verabschieden. Wir mussten ihn jetzt suchen, denn es war Marias dringender Wunsch. Es schmerzte, sie leidend zu sehen. Warum nur regte sie sich über Immanuels Verschwinden auf? Er war zwölf Jahre alt und auf Abenteuer aus. Ich hatte die Gewissheit, dass er seinen Weg alleine machen musste. Er war selbstsicher, folgte seinen Instinkten, und wir sollten ihm Raum geben, seine eigenen Wege zu finden. Ich verstand ihn, Maria aber sorgte sich.

Ich wollte diesem flatternden Vogel – so wirkte Maria – ein Nest geben, jetzt, da ihr erstes Junges flügge wurde. In ihrem fieberhaften Rausch glich sie einer verirrten Motte, die das Licht suchte. Vater blieb ruhig und sagte zu mir: „Der Junge ist alt genug und sehr beredt, er kann sich auf jeden Fall behaupten." Maria aber benahm sich, als hätte sie ein Versäumnis wiedergutzumachen, als wäre ihre Erziehung noch nicht beendet. Also folgten wir ihrer Anordnung, ihn zu suchen. Sicher gab es Gründe, warum sie nach ihm suchen lassen wollte.

Wir durchkämmten den Zypressenhain. Er war nirgends zu sehen. Inzwischen glich Maria einem Flattergeist, sie zeigte in Richtung des Tempels und bedrängte uns, dorthin zurückzukehren. Ich konnte nichts tun, um sie zu beruhigen. Wir drehten um und ritten nach Jerusalem zurück.

Es wehte ein merkwürdiger, für diese Jahreszeit ungewöhnlich heftiger Wind, ein Sturm kündigte sich an. Wir beschlossen, direkt zum Tempel zu reiten. Marias Hand zitterte, als ich ihr vom Maultier herunterhalf. Sie schaute verstört zu Boden.

Wir hielten im Tempelbezirk nach ihm Ausschau. Doch im Innern des Tempels suchten wir zunächst nicht. Ich beruhigte Maria: „Ängstige dich nicht um ihn, er ist von großer Kraft erfüllt."

Maria kannte sich in dem großen Tempel, in dem sie als Kind gelebt hatte, am besten von uns aus. Allerdings war er jetzt für sie als Frau ein verbotenes Reich und sie durfte nicht überall hineingehen. Also schritt ich mit Joseph und meinen Brüdern durch das hohe Tor, Maria wartete währenddessen im Frauenhof zusammen mit Joses Frau auf uns. Freudig überrascht sahen wir Immanuel **unter den Schriftgelehrten und Pharisäern sitzen und mit ihnen reden.** (Kindheitsevangelium des Thomas, Kapitel 19) Er schien die Männer völlig zu beeindrucken. Sie hörten ihm mit erstauntem Blick zu. Er sprach, als schöpfe er aus einer Eingebung. Ich flüsterte vor mich hin: **„Wer staunen kann, wird herrschen, und wer herrscht, wird Ruhe finden.** (2. Hebräer EV.) Immanuel herrscht über sich selbst." Er sah uns eintreten und sagte: „Hier bin ich im Haus meines Vaters." Und dann mit lauter Stimme aber beherrschten Gefühlen rief er: „Lasst meine Mutter ein! Die Tempeljungrau ist die Geliebte des Geistes." Aufruhr regte sich. Gemurmel und Gespött. Eine Frau unter den Schriftgelehrten, das durfte nicht sein! „Tempeljungfrau war sie lange vor deiner Geburt!", schrie zornig einer der Tempelwächter, an dem in diesem Augenblick Maria leicht und unbeschwert vorbei- und auf ihren wiedergefundenen Sohn zuging. Mir blieb jedes Wort im Halse stecken. Eine weiße Taube setzte sich ihr sofort auf die Schulter. „Das Zeichen", riefen die Gelehrten. Maria ließ sich würdevoll und mit Abstand zu den Priestern nieder, legte ein großes Amulett auf den Boden, das mit dem rituellen Buchstaben Shin verziert war. Aus diesem Amulett zog sie eine kleine Schriftrolle. Sie las vor. „Im runden Buchstaben sind Sohn und Heiliger Geist eins und ihre Heimat ist die Mutter." Immanuel kniete sich neben seine Mutter. Sie legte ihre Hände auf seinen Kopf und streichelte ihn. Er aber wehrte sich und lachte:

„Seht nur, der Heilige Geist, meine Mutter, ergreift mich an einem Haar." (2. Hebräer EV.)

Die Priester sahen jetzt mit Ehrfurcht auf Maria. Der Älteste unter ihnen sprach:

„Erwählt bist du als Jungfrau unter den Frauen, selbst die Tempeltüren öffnen sich für dich. Dein Kind ist gesegnet."

„Solch Weisheit, wie jene, die dieser Junge vorträgt, haben wir noch nie gesehen oder gehört", sagte ein anderer Priester. Maria nahm daraufhin ihre Schriftrolle wieder auf und erklärte den Schriftgelehrten weiter die Bedeutung des Buchstabens Shin. „Das Sakrament", fuhr sie fort, „besteht in der Vereinigung der Trinität von Geist und Leib und …", hier zögerte sie. Maria glich einer Königin, Geist und Leib waren vereint, und sie besaß die Anmut einer Gazelle aus der Bergwildnis des Libanon, hatte jene einzigartige Kraft, die Funken versprühen kann und doch alles kühl und auf Distanz hält.

In diesem Moment erkannte ich Maria als meine Seele, meine Heimat und fühlte die Wärme unserer geheimen Liebe. Als sie sich erhob, um zu gehen, stand auch Immanuel auf und folgte ihr. Maria flüsterte mir zu:

„Gern würde ich den heilgewordenen Sohn im Tempel zurücklassen. Doch gleicht er nicht den Tauben, denen das weite und freie Himmelreich gehört? Der Menschen Tempel sind ihnen ein Gefängnis. Auch Immanuels Geist muss fliegen. Deshalb, Jakob, musste ich ihn finden. Dann hörte ich, wie sie Immanuel zuraunte: „Flieg hinaus, hinweg von den intelligenten Debatten der Priester! Sei bei den Schlichten und Bedürftigen, kümmere dich nicht um die Geistreichen und ihre ausgedachten Kriege."

Eifrig

blickte ich von dem Gemäuer auf die anderen Tauben. Meine gesamte Vogelfamilie saß um den leuchtenden Jungen herum. Ich hatte viel über ihn gehört. Mein Vater war einst in Ägypten bei ihm gewesen. Jetzt saß mein Vater auf der einen Schulter des Jungen, meine Mutter auf der anderen. Was hatte er gejammert, ich bin alt und kann nicht mehr so weit fliegen, werde ich Immanuel noch einmal sehen? Deshalb gab es keinen Platz mehr für mich auf Immanuel. Ausgeschlossen sann ich hin und her, wie ich näher ans Geschehen rücken könnte. Dabei fürchtete ich die Priester. Zwar lockten sie uns zu sich, doch wenn eine einzige Taube zu viel erschien, konnte es sein, dass sie uns alle fortscheuchten. Ich hatte Glück. Eine feine Gestalt in scharlachrotem Gewand kam herein. Magisch angezogen flog ich hinunter und ließ mich beherzt auf ihrem Arm nieder. Das erstaunliche war, dass sie unsere Sprache sprach. Gleich rieb sie zärtlich ihre Nase in meinem Gefieder und liebkoste mich. Sie setzte sich neben den Jungen, um den sich alle geschart hatten und kraulte sein Haar.

Das muss Maria sein, dachte ich. Sie ging begleitet von dem wundersamen Jungen und gefolgt von einer Menschenschar durch das große Tor hinaus. Ich schwirrte ihnen hinterher und beschloss bei ihr zu bleiben, denn ich spürte Vertrauen. Zudem duftete sie nach Morgentau. Als sie auf ein Maultier stieg und mit ihren Gefolgsleuten fortritt, blieb ich auf ihr sitzen. In einer fremden Stadt, die sie Nazareth nannten, fand ich eine Behausung in ihrem Haus. Dort war das verlassene Nest einer Taube. Ist es das meiner Großmutter?, fragte ich mich und richtete mich ein.

Die Sommerzeit verging, und bald war ich mit allen Bewohnern des Anwesens befreundet und kannte ihre Namen. Eines Morgens weckte mich ein Schluchzen. Ich plusterte mein Gefieder auf und hüpfte in den Innenhof. Maria weinte. Mein Taubenherz wollte piepsen, ich brachte nur „Grrrru“ hervor, setzte mich neben sie auf den Brunnenvorsprung und drehte meinen Hals hin und her. Sie schrie:

„Der Reisigbusch, den er für unser Feuer gebracht hat, enthielt eine giftige Natter!“ Erst dann sah ich Jakob leblos vor ihr liegen. Er blutete aus einer Bisswunde.

Maria nahm ihn in ihren Schoß. Ich flatterte hin und her, von Balken zu Balken, hatte Todesangst, dachte, ich würde ersticken, denn ihr Schmerz erregte mich ungeheuer. Sie beugte sich über Jakob, hielt ihn in ihren Armen fest und weinte. Immanuel kam in diesem Augenblick aus Jerusalem zurück. Kaum sah er, was geschehen war, sagte er:

„Mutter, weine nicht, es gibt keinen Tod." Er beugte sich über den Bruder – oder war es sein Vater, als Taube war ich mir über deren Verwandtschaftsverhältnisse nicht im Klaren – und trank aus dessen Mund. Ich wunderte mich, was Menschen vermögen. Er schien das schreckliche Gift aus dem Leib Jakobs herauszusaugen. Tatsächlich erhob sich Jakob, frisch und lebendig. Immanuel aber hatte von all dem Gift einen blauen Hals bekommen. Maria blickte zu mir hin, klatschte in die Hände und befahl:

„Taube, flieg und hol die Rinde." Ich wusste Bescheid, begab mich eilig zu einem naheliegenden Berg, pickte dort die Rinde, flog zurück und ließ sie aus meinem Schnabel auf Immanuel fallen. Er schluckte das bittere Zeug hinunter. Die Verfärbung seines Halses ging zurück. Dann wurde ich Zeuge, wie Jakob vor Immanuel niederkniete und ihn anstarrte. „Du bist mein Retter, mein Herr, mein Vater, mein Sohn, nein – du bist mein Gott! Und auch die Taube ist Zeichen des Heiligen Geistes in unserem Verbund." Ich war stolz auf die Bedeutung, die sie mir zusprachen. Denn ich liebte Immanuel so, wie meine Vorfahren ihn schon geliebt haben. Aus Weitsicht.

Ohne Wehr

ließ Maria zwar Immanuel den Heiler ziehen. Keine Abschiedsweise erklang und auch wir Engel blieben stumm. Aber die zarte Mutter weinte ihre Tränen leise, weil das zuvor so innig Vereinte riss, als er sich trennte und in der Morgensonne Licht davonschritt. Auch blickte er nicht zurück, winkte ihr keinen Trost zu, denn er blickte voraus. Gavri-els Gefährtin fragte leise und suchte dabei nach einer Antwort in eines rettenden Engels Weise: „Wohin geht er nun, mein wunderbarer Sohn?“

„Er geht, um mit sich zu ringen und um zu reifen, denn bald schon, früh an Jahren, wird er seinen irdischen Leib abstreifen für die Unendlichkeit“, summte Gavri-el so leise, dass sie ihn nicht vernahm. Dafür zeigte er sich vor Marias staunendem Gemüt ***mit einer Wolke bekleidet, mit dem Regenbogen auf seinem Kopf, das Gesicht war wie die Sonne und seine Füße Feuersäulen*** *(J.O. 10.1-3) Maria, vom Seelenschauer erfasst, konnte ihren Schmerz bezwingen. Sie kniete nieder, die Hände gefaltet zum Gebet und lächelte beseelt. Wessen sterbliches Herz könnte sich bei diesem Anblick nicht regen? Gavri-el flüsterte ihr zu: „Er wird die Sorgen der Bedrückten stillen, dann herrscht bald des Friedensengels Willen.“*

Waghalsig

von mir, Maria auf diese geheime Art und Weise zu verfolgen. Nie hatte ich in ihr meine Mutter gesehen, eher meine Schwester, meine Seele außerhalb von mir, meine Verbündete – ich musste wissen, was sie tat. Als sie frühmorgens aus dem Haus huschte, war ich schrecklich neugierig, wohin sie ging.

Seit Monaten litten wir unter einer Dürre. Der Regen war ausgeblieben. Nazareth versank im Staub. Das Vieh dürstete, die Trauben verdorrten und in den Brunnen war nur noch Schlamm. Die Trockenheit des Sommers hatte alles Getreide fortgerafft, bevor es Ähren ansetzen konnte. Als wir den ersten Toten beklagten, sah ich, wie Maria ihr weißes, schmutzig gewordenes Leinengewand ablegte und wie sie nackt und von einem durchsichtigen Schleier umhüllt Gebete in den Himmel sandte. Sprach sie mit einem Boten, ihrem Engel? Würde er uns helfen Wasser zu bekommen? Was konnte Maria bewirken?

Also folgte ich ihr am nächsten Morgen heimlich durch die leeren Gassen von Nazareth. Auch ich war kaum bekleidet, fürchtete mich, denn ich ahnte, dass Maria jetzt demjenigen begegnen wollte, der zwischen uns stand – sie besaß diesen geheimen Geliebten.

Zu früher Stunde lief sie in die wilden Berge. Ihre Schritte waren leicht, obwohl auch sie matt und müde von der Hitze sein musste. Ich folgte unbemerkt. Ich wollte die Kraft sehen, die sich zwischen ihr und mir seit eh und je entfaltet hatte. War es der Mann, den ich einst mit Flügeln in unserem Innenhof gesehen hatte? Was war die Mauer, die als goldener Glanz um sie schimmerte? Ihrem Liebhaber war sicher niemand ebenbürtig, weder Vater noch ich. Er war das, was sie immer umgab, dem sie sich geweiht hatte. Vater hatte auch aus diesem Grund Abstand zu ihr gehalten. Er begegnete ihr mit großem Respekt, nannte sie manchmal neckend „meine Tempeljungfrau“, doch, obwohl sie ihm zwei Mädchen geboren hatte, behandelte er sie nie wie eine normale Frau.

Jedenfalls hatte ich beschlossen in dieser schrecklichen Zeit der Wahrheit endlich ins Auge zu sehen. Ich stolperte über den steinernen Pfad, der hinauf auf den trockenen Olivenberg führte. Maria huschte wie der Wind. Ich konnte an diesem frühen Vormittag nur schwer den Neid auf ihre schwebende Leichtigkeit unterdrücken. Maria war den Vögeln verbunden, sie schien mit überirdischer Kraft hinaufzufliegen, während ich keuchte und schwer atmete und vor Durst kaum weiterkam. „Maria, ein Paradiesvogel“, hörte ich mich sagen. Aber um mein Feuer zu löschen, den Brand stillen zu können, wollte ich sehen, wem sie ihre tiefe Zuneigung gab.

Endlich blieb sie stehen. Atmete kaum und schaute erwartungsvoll in einen Mimosenbaum hinein, dessen Blätter schlaff herunterhingen. Ein Bild von filigraner Schönheit bot sich mir.

„Geliebter, zeige dich mir“, hörte ich sie sagen.

Ich vernahm ein Säuseln, dann schnatterten Vögel, aber sonst war es still. Sie sah etwas, das mir entging. Sie hörte etwas, denn ihr Gesicht strahlte. Und sie antwortete:

„Was bedeutet meine Schönheit mir, nun komm und zeig dich ihr, die dich ersehnt.“ Erstaunt sah ich, wie sie die Arme ausbreitete und tanzend rief:

„Mich dürstet, zieh mir das Kleid meines sterblichen Lebens aus, damit ich mich mit dem, was ich dem Heiligen Geist nach bin, an dich anhängen

kann. (Martyrium Apostel Petri 12.3) Doch rette die unschuldigen Tiere, die Kinder und die weisen Alten, rette die Handwerker, die Mütter und die Händler, rette die Sänger, die Musikanten und die Goldschmiede. Ach Geliebter, auch die Weber und die Hirten brauchen wir, und die, die das Feld bestellen, ach, rette die unbedarften Blumen, rette das Blühen auf Erden. Gib uns deine Gnade und spende ihnen Regen, zieh mich mit deinem Feuer zu dir hinauf in die Höhe des Feuchten und lass es bei uns hinab. Nimm mich dafür!"

Ich erstarrte. Sie opferte sich einer höheren Macht, um ihrem Volk Regen zu bringen. Sie wollte ihr Leben hingeben, um es anderen zu schenken. War sie wirklich der Heilige Geist und ihre Frauengestalt nur eine vorübergehende Erscheinung? Ich spürte, dass ich bald sterben würde, und war kurz davor in den Staub hinzusinken. Ihre überirdische bedingungslose Hingabe an die himmlische Macht aber umhüllte mich, und ich lag in den Armen der Luft. Es verging einige Zeit, die Sonne stand über uns. „Mittag", dämmerte es mir in meinem Wahnzustand. Maria saß unter dem Mimosenbaum, ich lag unter den dornigen Büschen. Da spürte ich eine unbändige Kraft in mir wachsen, die mir meine Bestimmung offenbarte. Ich war Marias Prophet, ich war es, der sie wirklich erkannte und ihr Licht sah.

„Maria", jubilierte mein Herz, während mein Leib schon im Reich der Toten schien, doch noch nahm ich wahr, wie Himmel und Erde, Wasser und Feuer verbunden waren durch den Äther, als Engel, mit dem sie sprach und der sie stets umgab.

Plötzlich hatte ich folgende Erscheinung: Die Elemente verbanden sich vor mir zu einem Kreuz – von rechts floss Wasser und links loderte Feuer ihm entgegen, von unten nach oben erstreckten sich Erde und Luft. Dort, wo die Linien sich kreuzten, leuchtete das Herz aus Äther.

Ich betete zu diesem Herzen, wisperte, flehte. Da antwortete ein tiefes Grollen, dunkle Wolken brauten sich zusammen, bedeckten das Licht, und die Erde unter mir rief: „Beuge dich zu mir.“ Ich neigte mich mit der Stirn auf den staubigen Boden, und als ich aufsah, stand Maria rechts von mir mit gefalteten Händen. Wie Tränen flossen Wassertropfen an ihr hinunter, und als ich nach links blickte, zuckten feurige Blitze über den Mimosenbaum.

Ich öffnete meine Lippen, trank das lang erwartete Nass, schöpfte Lebensmut. Es begann stärker zu regnen, und ich sah die Vögel auf Maria sitzen. Sie schien mit ihnen zu sprechen und sie zu liebkosen.

Maria war Geist, Herz des Kreuzes, das der Luft den Regen abverlangte und der Erde gab, was diese brauchte. Meine Liebe zu ihr war Feuer ohne Begierde, denn ein wässriges Rinnsal in meinen Adern schoss in meine Schläfen und zähmte die Glut meines Blutes. Wir bildeten zusammen das Kreuz der Elemente. Wie leidvoll und todgeweiht eine ganze Stadt wird, wenn Wasser fehlt. Ich hatte bitter erlernen müssen, die Achse zu bilden und die Dinge nicht getrennt zu sehen. Auf einmal war meine übermäßige Leidenschaft gelöscht und mit freiem Herzen lief ich durch den strömenden Regen hinunter nach Nazareth.

Maria war Unschuld, die sich immer verströmte, wenn ein Wunder gebraucht wurde. Alle sollten erfahren, dass es eine gab, die absichtslos liebte und sich bedingungslos ihrem Liebhaber, der Allmacht hingab. Während ich sie für mich beansprucht hatte, war sie längst Seele, Geist und Äther. Sie war jener Geist, der Vater und Sohn heiligte.

Ich erkannte meine Mission. Ich würde zum ersten Verkünder von Maria werden. Von diesem Moment an hatte ich meine Bestimmung gefunden. Ich würde durch die Fremde ziehen und Maria bekannt machen: Maria hatte die Macht, Hoffnung in die zerstrittene Menschheit zu bringen. Sie offenbarte das Mysterium des Kreuzes und trug die Vereinigung und Vergebung in sich. Ich besang sie und ihre Taube als Bildnis des Friedens. Die Zeit würde kommen, da ich hinaus in die Länder der Welt ziehen und von ihr künden würde. Vorerst jedoch war ich überwältigt. Besonnen dichtete ich Lieder, lauschte des Engels Worte und schrieb sie nieder.

Das Sakrileg

Es erzählen Jakob, die Engel, die Taube, wieder Jakob und die Seele der sich im Nichts auflösenden Anna.

Pausenlos

war ich geritten, um rechtzeitig anzukommen. Zu spät. Leblos lag Vater auf der Totenbahre. Ich blickte stumm auf Vaters Hülle. Mein Leib wurde starr. „Alles vergeht, aber wohin?", fragte ich wortlos. Auch Maria stand versteinert vor seinem friedlichen Antlitz. Sie weinte nicht, sie wirkte selbst wie tot. Durchsichtig ihre Haut. Immer hatte ich geglaubt, sie fürchtete sich nicht vor dem Tod. Sachte stellte ich mich neben sie und blickte auf den Toten, der nun mit Blumen überhäuft in anderen Gefilden schlafend mich verlassen hatte. Ich kämpfte mit den Tränen. Seine Güte und sein einfaches Herz hatten ihm immer die Ruhe geschenkt, die ungewöhnlichen Geschehnisse in seinem Haus gelassen hinzunehmen.

Marias kalte Hand griff nach meiner. Mit bestimmendem Druck zog sie mich hinweg in einen stillen Winkel im Innenhof. „Er ist friedlich eingeschlafen. Er hat mich immer und überall beschützt und verteidigt. Lassen wir ihn sofort bestatten. Jakob jetzt …", sie zögerte und blickte zu Boden und flüsterte: „Frevel." Beklemmender Schatten lag auf ihrem Ausdruck, ich meinte Panik in ihren Augen zu sehen. Etwas, was ich nie zuvor an ihr gekannt hatte. „Immanuel ist verhaftet worden! Sie klagen ihn an, er würde das Volk in Aufruhr bringen und gegen die Römer eine Verschwörung planen. Aber noch schlimmer, sie sagen, er greife die Priester an und verstieße gegen das Gesetz des Tempels. Unser Lichtkind!“ Sie senkte den Blick und sagte düster: „Sie werden ihn kreuzigen!“ Ich legte ihr meine Hand auf den Rücken. Wie aber hätte ich sie beruhigen können, wo ich selbst erzitterte?

„Wir sind machtlos“, sagte ich erschöpft und dachte, ich bin nur ein Pilger, der in die Weite wandert, der nicht gegen das Gesetz der Herrschenden einschreiten kann. Unser Sohn glaubt an den Aufstand der Unterdrückten, an die gerechte Verteilung der irdischen Güter. Sicher hat er mit seinen Ansprachen aufgewiegelt. Er besetzte die öffentlichen Plätze mit seiner wachsenden Gefolgschaft. Er befreite die Mutlosen, die Abhängigen, heilte die unheilbar Kranken und gab den Fremden Halt. Sind das aber Schandtaten? Worin besteht seine Schuld, auf dass man ihn kreuzigen wollte? Dahinter verbarg sich noch etwas Ungeahntes, das wir nicht wissen konnten. „Ach Immanuel, du, der den Verfolgten Zuflucht gewährtest, wirst nun selbst verfolgt!“, rief ich aus. „Er kennt Huren und teilt sein Essen mit den Freigeistern. Er glaubt an Wunder, predigt, ein Wunder wird geschehen. Besitz gehört denen, die ihn schaffen. Befreien wir die Verblendeten von ihrer Krankheit, die der Gier, hat er verkündet. Maria, natürlich, die Unterdrücker müssen Immanuel hassen. Wir müssen sofort nach Vaters Bestattung nach Golgatha reiten.“ Meine Stimme klang rau.

Stumm

dulden wir, was Menschen dunkel tun. Mit dem Glanz des unsichtbar Luftigen standen wir an den Hängen der Himmel. Wir würden ihn feierlich empfangen. Das Kreuz des Irdischen war bald dahin. Und siehe, die Aufteilung in rechts und links, in oben und unten, schwarz und weiß oder Mensch und Gott war aufgehoben, als er in unsere Engelsrunde eintrat. Im Licht unseres Segens vollendet sich der Kreislauf der vollendet werden muss. Er kommt wieder, alles kehrt wieder zurück ins Erdenrund. Seht doch des Lebens unvergänglich mahlende Mühle – darin ist er die Achse des Friedens.

„Er wird auferstehen, in dieser Ewigkeit kann nichts verloren gehen", jubilierten wir. Maria blickte in den roten Abendhimmel. Sie fürchtete sich. Als sie unseren leisen Gesang hörte, legte sich ein Schimmer von Zuversicht auf ihr leidendes Gesicht und wir sahen noch ihren weisen Blick, bevor wir in den Wolken unserem zurückgekehrten Sohn das Wiedersehensfest ausrichteten.

Starr

saß ich auf der Spitze des Kreuzes, als Marias Sohn verblutete. Ich blickte hinauf, vernahm in den Lüften ein Raunen: **„Alles Verborgene kommt ans Licht und alles Geheime wird offenbar!"** (Lukas 8.17) Dann lauschte ich dem leisen Stöhnen von Immanuel, fasste Mut und gurrte:

„Immanuel, du wirst gleich fliegen. Bist du nicht lange genug gekrochen unter den schweren und beladenen Zweibeinern ohne Flügel? Erhebt euch, hast du gepredigt. Oft hörte ich es. Immanuel, flieg mit uns Tauben hinauf in den Weltenraum." Sachte setzte ich mich auf seine Schulter und vernahm sein letztes Flüstern:

„Taube, du Auge meines Vaters und Mund des Heiligen Geistes meiner Mutter, hör meine letzte Botschaft: Vergib ihnen, denn sie wissen nicht, was sie tun." Und weil er ein Eingeweihter unserer schwebenden Runde war, war er den Schwätzern unter seinem Kreuz weit voraus. Sein letzter Atemhauch bestand aus „Avidya", dann verließ seine Seele ihn und war bei uns. Ich wusste nicht, was Avidya bedeutet, und da nur ich es gehört habe, soll das letzte Wort von unserem himmlischen Sohn ein Geheimnis bleiben. Gurrend frohlockte ich:

„Du verlässt die Hülle – Tod hat keine Fülle. Schon bald wirst du als Friedenstaube wieder erscheinen." Dann hob ich ab und fühlte, wie sein Taubenherz mit mir flog. „Ich wusste es, Immanuel, du kannst fliegen!"

Erschüttert

stand ich vor dem Kreuz. Marias Leiden war unerträglich.

„Jakob, warum, warum nur?", fragte sie mich. Fasste nach dem Holz des Kreuzes und schrie:

„Oh Kreuz, oh Bund aus Wissen, der Ewige hat Immanuel an sich gezogen. Kreuz, oh Baum des Lebens, du besiegst den Tod, denn du weist den Weg ins Unsterbliche!" Ihre blaue Gewandung flatterte im Morgenwind.

„Warum ist er hingegangen und hat mich allein zurückgelassen?“ Ich wollte sie trösten, aber mein Herz stockte, als ich Immanuel am Kreuz hängen sah. Noch tropfte Blut aus seinen Wunden. Wie ein verzückter Narr fing ich es in einer kleinen Dose auf, als könnte ich damit sein Leben einfangen.

„Dieses Blut! Sein Blut, und haben sie nicht verkündet, ich hätte ihn ohne Blut geboren? Woher kommt dann Blut am Kreuz? Diese Lügner! Diese Betrüger! Die ihm jetzt ins Herz gestochen haben, um sein Blut fließen zu sehen, das sind die gleichen, die überall erzählen, er wäre ohne Blut geboren! Aus meinem Blut kam sein Blut und ich blute jetzt und leide mit ihm mit!“, wehklagte Maria. Weil ich fürchtete, dass sie wahnsinnig würde, führte ich sie behutsam weg vom Berg. Maria Magdalena, Immanuels treue Gefährtin, blieb allein unter seinem Kreuz stehen.

Ich suchte nach einer Herberge in Jerusalem. Ohne Zeitgefühl hockten wir uns gegenüber, aßen nichts und sprachen nichts. Plötzlich sagte Maria: „Die Missetäter werden ihn aus der Gruft zerren. Wir müssen es verhindern!“ Wie ein Schlafwandler folgte ich Maria hinaus aus Jerusalem zum Tal der Gräber. Es dämmerte schon ein wenig. Wir suchten die Gruft, in die die Wächter Immanuel gebracht haben mussten. Es war schwül, die Hitze des Tages stand immer noch und umhüllte die wenigen Bäume in der einsamen Landschaft. Das Stickige nahm uns den Atem. Aber wir fanden den Eingang zur Gruft. Der Boden war frisch aufgewühlt.

Bewusstlos

musste Anna lange in substanzloser Weite geschwebt haben. Es war ein Aufschrei, der mir, der ewigen Seele, das Leben wieder nahelegte. Das war schon einmal, dieses Gefühl „ich bin". Noch war ich als Seele, die einst Anna bewohnte, in zeitlosem Raum und blickte auf ein Kind, das gerade geboren wurde. Die Kälte der Welt berührte es. „Seele, strebe hinein ins Neugeborene und schaffe neues Bewusstsein!" Annas Totengeist jedoch hielt mich auf, er flüsterte: „Noch herrsche ich!" Das neue Wesen sah noch nichts. Noch lagen Worte in ihm als schlafende Masse. Der winselnde Ton, den es von sich gab, schien ein Urgrund, der die Schätze des Denkens noch behalten will. Der Totengeist wusste, die Urahnin, greisenhaft und alt, sie ist gerade als Winzling wiedergeboren. Aber er, einer Himmelsmacht gleich, war außerdem, wennschon nur vorübergehend, in allen Poren dieses Säuglings eingespeichert, denn Geburt und Tod gehören zusammen. Sie verbinden sich durch das Leben. Und weil jeder Geist hellsichtig ist, hörte auch der Totengeist Marias Entsetzen in Golgatha, spürte, wie Schmerz um ihren gekreuzigten Sohn sie rüttelte und schüttelte – und dieser unheimlich große Geist ließ gnädig Anna, bevor sie zu einem anderen Menschen wurde, noch diesen letzten Trost ihrer Tochter zusprechen: „Maria, noch bin ich und werde auch bald wieder ganz sein. Neu. Meine unsterbliche Seele wandert jetzt in einen anderen Leib. Das wird auch mit deinem Sohn geschehen, mit Manu, wie wir Immanuel unter uns liebkosend nannten."

Schon streichelte ein fremder Mann die Haut des Neugeborenen: „Lololo, mein Kindchen, ich bin dein Vater, weine doch nicht.“ Die Frau neben ihm strahlte Wärme aus. Ihr Duft benebelte. Ich, die Seele, war haltlos ohne Leib und wollte nichts sehnlicher als der Mutterliebe entgegen streben und zusammen mit dem nackten Winzling in die Arme der Mutter fließen, um mit vereinten Kräften zu wachsen und zu gedeihen. Vergangenes löste sich schon langsam auf. Wie Wasser sog diese neue Mutter des Kindes frische Sinne und mich auf. Annas Existenz tropfte ins Meer der Geborgenheit dieser Mutter und verdunstete. Und doch schien Anna wie eine Erinnerung, die nicht vergehen will, mir, der unberührten Seele, Spuren einzuprägen. Abrupt forderte hier der Totengeist vom neu entstandenen Leben Tribut. Das Kindchen krümmte sich und weinte. „Ewige Seele, sende eine letzte Botschaft an die Verbliebenen, die den Tod Annas einmal so sehr betrauerten. Noch kannst du es tun, bevor Anna reines Gedenken ist“, sprach der kluge Geist.

Eine jede Seele musste den Totengeist respektieren, also hielt ich mich von dem neugeborenen Wesen noch ein wenig fern. Das erbarmungswürdige Kleine schrie nun aus vollen Leibeskräften nach mir, doch ich blickte in die Gruft von Golgatha: Maria ertrug Immanuels Leichnam, als hätte er kein Gewicht, mit Leichtigkeit auf ihrem Schoß. Sie selbst hing wie der abgehackte Zweig einer vertrockneten Passionsblume über ihrem Sohn. War er tatsächlich gewaltvoll ermordet worden? Immanuel schien mir nur ein Schlafender zu sein. Er trug

Narben von Fesseln an allen Gelenken. Maria ließ furchtbares Leid über sich ergehen. Sie saß da und hielt den Mann auf ihrem Schoß. Jetzt konnte ich einschreiten und bediente mich der Zauberkraft, die zwischen der Wirklichkeit des Lebens und der scheinbaren Unwirklichkeit des Todes entsteht.

„Das Kreuz!“, rief mein unsterbliches Ich, oder war es Annas Totengeist, der Maria mit seinem Geflüster erreichte? Sie jedenfalls antwortete: „Oh Mutter! Sie haben ihn gefoltert!“ Da tönte Annas Stimme durch die Gruft: „Sie haben ihn festgenagelt, diejenigen, die sich nie entscheiden können. Diejenigen, die urteilen, aber sich selbst freisprechen. Mein Kind, gib dich hin, die Erlösung kommt! Wir alle werden wieder auferstehen. Das Bild des Sohnes, der an diesem schrecklichen Kreuz hängt und blutet, werde es los!“ In diesem Augenblick des untröstlichen Kummers öffnete sich das Kreuz und bekam Schwingen. Maria stammelte: „Mu...utter, d...das Kreuz trägt Flügel. Sieh nur: Immanuel steht wieder auf!“

„Maria“, raunte der erlöschende Ahnengeist, und ich, die allempfängliche Seele, hörte zu: „Es gibt keinen Tod. Alle Wesen gehen und kommen wieder. Ich wache als Totengeist darüber. Weine nicht, dein Sohn ist vom ewigen Leben gezeugt. Er bleibt ewiglich bestehen.“ Ich sah noch, wie Maria, die über den toten Sohn gebeugt war, in diesem das Leben auferstehen sah. „Geschafft!“, war des Totengeists letzter Seufzer. In den Armen der Mutter Maria war unser Manu auferstanden. Und in einer anderen, fremden Mutter, schlief ein neugeborenes Wesen ganz von mir beseelt zufrieden ein.

Die Barmherzigkeit

Es erzählen Jakob, die Engel und die Taube.

Reglos

hockte ich neben Maria auf dem kalten Stein in der Gruft. Sie beugte sich über Immanuel. Engelhaft lag er in ihrem Schoß. Nur die Blutspuren an seinen Füßen und an seinen Handgelenken zeugten von Fesseln und von der Gewalt der Menschen. Meine Kraft hatte mich verlassen, aber mein Mitleid strömte zu den beiden.

Immanuel ist auch mein Sohn, er war der Sohn aller, die seinen Worten gefolgt waren. Er war das Kind der Seele. Er hatte die Menschen begeistert mit seinen Predigten über die Liebe. „Wenn sie dich schlagen, tue nichts, halte ihnen auch die andere Wange hin“, war seine Botschaft, und nun, in dieser Gruft, schien die Verkörperung alles Barmherzigen erbarmungslos zerschlagen.

Ich wünschte mir, ich wäre blind. Kaum hatte ich den Fluch über mein Augenlicht zu Ende gedacht, als sich mein Sehen als Segen erwies. Die Arme des aufgebahrten Immanuels breiteten sich wie Flügel aus. Marias Lippen formten dazu Worte, die tonlos blieben, als würde der Ahnengeist aus ihr sprechen. Dann erhob sie sich mit dem Leichnam des erwachsenen Mannes im

Arm, als hätte er keine Schwere, als gäbe es die Leichenstarre nicht. Sie trug ihn ein kleines Stück und legte ihn bald wieder auf die Totenbahre zurück.

„Komm, Jakob, lass uns ans Sonnenlicht treten. Beten!"

Betäubten Sinnes folgte ich ihr, dabei wagte ich es nicht, mich umzudrehen, um noch einmal auf das friedliche Gesicht von Immanuel zu blicken. Leichendunst durchströmte die Gruft. Nackte Furcht vor dem Wahn, der mich erfassen könnte, wollte mich in den Griff nehmen. Ich heftete meinen Blick auf Marias Fersen und folgte ihr. Meine Augen, fantasiebegabt durch die Jahre in der Wüste, sahen Immanuel hinter mir aufstehen. Er schleifte das Laken, das seine Lenden umgeben hatte, wie Schwingen hinter sich her. Er schritt auf die Wand zu, die sich in Nebel auflöste, und verschwand darin. Träumte ich? Ging es mit rechten Dingen zu? Draußen stand Maria, die Hände gefaltet, und sah gen Himmel, das dunkelbraune Haar gelöst. Ein Leuchten, nein Irisieren umgab sie. Ich war meiner Sinne nicht mehr mächtig, als sie eine Hand wie zum Segnen hob und ich in ihr eine Flamme lodern sah.

„Sie hat ihn von den Toten auferweckt!", dachte ich das Undenkbare. Aus unendlicher Luft einst empfangen, konnte sein Leib nicht wieder zu Erde werden. „Es gibt kein Sterben, das ist unser Werben. Maria ist Äther. Kann das, was ewig ist und längst schon da, kann Gott jemals geboren werden? Und was nicht geboren werden kann, wird auch niemals vergehen. Es kann höchstens als Illusion bestehen! Jakob – Maria und Sohn, lass dich nicht blenden, sind eine Geschichte ohne Anfang und ohne Ende, du kannst dich uns zuwenden." War es die innere Stimme oder hörte ich Engelsgesänge? Jakob, sprach ich zu mir selbst, besessen von dir und immer auf der Suche nach Glauben bist du gewesen. Sieh die Nichtigkeit eines Ich, es zerschmilzt vor ihrem mitfühlenden Blick. In Trance stimmte sie in den Engelsgesang ein:

„Groß und tief ist das Geheimnis des Kreuzes. Mit Worten unfassbar und unzertrennbar ist das Band der Liebe. Durch das Kreuz ziehen die beseelten Himmelssphären alle Dinge an sich und auch mich. Es ist der Baum des Lebens, durch den die Herrschaft des Todes zerstört wird." (Martyrum des Petrus 12. 9-12) Ich murmelte vor mich hin:

„Unfassbar. Was ich sehe, macht mich sehend. **Es ist das ewige Licht, das von ihr in die Welt gebracht wurde."** (Testimonium Veritatis 13. 2-3) Immanuels Liebe, meine und Marias Liebe sind dieselbe große Gnade, die sich erbarmt mit jenen, die dieses nicht fühlen und ausgegrenzt bleiben. Ich konnte nur noch weiter verkündigen:

„Unvergänglich ist die Liebe, der Tod nur ein Wandel. Auch wenn ihr mir nicht glaubt, ich habe eine Liebe, die den Tod besiegt, gesehen. Leben, das aufersteht durch die Güte einer Mutter. Durch Maria und der ganzen Reihe mütterlicher Ahnen!"

Maria wirkte auf einmal gelöst. Fröhlich zirpte sie eine Melodie wie ein Vöglein, ganz so, als wäre nichts gewesen. Sie setzte sich hin. Sie sang und lächelte. Ich fiel vor ihr auf die Knie, nicht aus Zuneigung, nicht mal aus Sehnsucht, erhört zu werden, sondern der Glückstaumel, ein Wunder erlebt zu haben, warf mich nieder.

Maria hatte einem Leichnam den Atem zurückgegeben. Und er hatte sich in die Lüfte erhoben, um von der ewig jungen Frau, dem Heiligen Geiste, seiner Mutter, zu künden. Das nun will ich aller Welt verkünden. Werdet ihr mir glauben? Könnt ihr Immanuels Hingabe erkennen, Marias Wirken erfassen? Wer kann ein Wunder benennen, wenn er es nie hat vor sich gesehen? Ihr Menschen werdet diese Geschichte umdichten und anders verstehen.

Feurige
Kräfte galt es zu wecken, Kranke zu retten, Gefangene loszuketten, grausames unverwundbares Leid zu lichten, schlicht ausgedrückt, wir wollten mit unserem Engelschor über Kummer richten. Immanuels Leben war eine leise See, die sich zum stürmischen Meer erbrauste; und doch ist er nur die Welle, die mit uns gegen die Gewalt der Welt brandet und tönt: Weh, vergeh!

Der Horizont brannte. Das Abendrot umfing Maria, als sie zum Grabmal heraufkam. Jakob war ihr gefolgt. „Es wird bald dunkel werden, lass unseren toten Sohn ruhen." Furcht lag in seiner Stimme. Micha-el schickten wir aus unserer Runde fort. Schneeweiß stand er neben dem Grabmal und flüsterte tröstend Jakob zu:

„Du bist der Gefangene eines Trugbilds: Immanuel ist nicht dein Sohn, er ist dein Vater, er ist unsichtbare Mystik, die sich mit dem Leben verband und die Jungfrau zum Heiligen Geist erhob!" Micha-el breitete weite weiße Schwingen aus, die sich als dichter Nebel über das Tal der Gräber legten. Jakob erschauerte und bat Maria: „Lass uns nach Hause gehen und morgen früh wiederkeh-

ren." Da berührte Micha-el mit dem Schwert die Erde, und wir jubilierten in höchsten Tönen, so hoch, dass Menschenohren sie nicht mehr vernehmen: „Es löst sich das Feste, die Materie vergehe, wenn sein Geist auferstehe." Der Erdboden bebte und der große Felsbrocken vor dem Grabeingang rollte hinweg. Dann wurde alles licht. Weiße Dünste schenkten wir der Erde als Brautkleid. Der Weltenraum jubelte mit uns im Einklang, doch war unsere Hochzeit nur eine flüchtige Feier. Wir hörten leise beim Hinaufsteigen ins Unendliche noch Marias Weise:

„Seht doch, ihr Engel, er ist dem Tod entgangen! Mein Sohn, dessen Väter aus Licht, Luft und Feuer bestehen, wird niemals vergehen. Auch ist er der Ahne meines Geistes und trotzdem neu entstanden in meinem Erdenkleid. Ach Immanuel, mein luftiges Vogelkind, zieh weiter, denn bleiben wäre nichts für dich! Mein ätherischer Engelssohn, licht und fein, mein König auf dem Feuerthron aus Liebe, mein mit Wassern des Heiligen Geistes gesegneter Sohn.

In Marias lieblichen Gesängen gingen wir auf und wurden zur Melodie. Die Dunkelheit der Nacht schuf dazu den Rhythmus, und Jakob schrie: „Maria, die Engel … sieh!"

Sorgfältig

pickte ich mir das Ungeziefer aus den Federn. Ich saß draußen im Ölberg in einem knorrigen alten Baum. Die Sonne ging auf und wärmte die Welt. Wie eine Erscheinung saß plötzlich Immanuel unter mir. Er schaute zu mir hoch. Ich blickte in seine Augen, die vor meinen kleinen Vogelaugen zu flimmern begannen. Sie blinzelten und loderten. Ich schwebte zu ihm und ließ mich auf seiner rechten Hand nieder. Es tat gut, er kraulte mein Gefieder und seine linke Hand war angenehm warm. Ich rieb meinen Kopf dagegen. Wir genossen den Taubenfrieden.

Als ich später zu einem kleinen Morgenflug abhob, spürte ich ihn aufs Neue neben mir schweben. Als hätte er mächtige Schwingen, so kraftvoll drehte er seine Runde am Himmel. Wie nah er unserer Federhaftigkeit war, wie sachte, und wie eingeweiht in die Kunst des Fliegens! Er würde die Taubenbotschaft – es sei Frieden – verbreiten. Mit Immanuels Verwandlung war wieder Hoffnung für uns Flügelträger eingetreten. Die Vögel des Himmels werden die menschliche Missgunst überleben. Ich war dabei, unbeschwert hoch hinauf zu streben.

Die Verkündigung 2

Es erzählen die Friedenstaube vom Nachtigallenberg, Jakob und die Engel.

Friedlich

schaukelte mein weißgefiederter Taubenleib auf einem grünen Zedernzweig in der Dunkelheit der Nacht. Die Nachtigallen sangen ihre lieblichen Weisen. Maria war mir nah, ich konnte durchs Fenster in ihre Behausung aus Stein und Stroh blicken. Anmutig lag sie auf ihrem Bett. War ich auch einmal ein Mensch gewesen? Ich hörte sie immer wieder vom Messias sprechen. Sie beschrieb einmal, wie er seine Schwingen erhoben hatte und in die Unendlichkeit des Himmels eingegangen war. Ich dachte mir, er muss eine Friedenstaube geworden sein. So wie jetzt ich. Es ist gut möglich, dass ich er bin, überlegte ich.

„Gruuh", zufrieden mit dem verflossenen Tag, schloss ich meine Augen. Und hörte noch mal die Pilger tuscheln:

„Das ist sie, die heilige Friedenstaube des Nachtigallenberges." Dabei hatten sie auf mich gedeutet. Daraufhin hatte ich meinen flauschigen Leib aufgeplustert und über Marias Haus ein paar Runden in den Lüften gedreht. Schon damals, als ich aus der Schale des Eis gekrochen bin und noch ein klebriges Küken war, hatte ich die Aufmerksamkeit der Pilger auf mich gezogen. Deshalb setzte ich mich immer dann, wenn Menschen Maria um Frieden für sich und ihre Lieben bitten, auf ihre Schulter. Der Bedürftigen erstauntes Geraune ertönte jedes Mal aufs Neue, und immer gebrauchten sie dieselben Worte:

„Das ist das Zeichen! Die Taube setzt sich ihr auf die Schulter. Alles wird sich zum Guten hin wenden!", rufen sie, und erst dann können sie glauben.

Ich bin das Wunder, sehen sie mich, beginnen sie zu vertrauen. Wenn Streitende sowie Missmutige kommen und über ihre Feinde und über ihr verpfuschtes Leben klagen, dann schnäble ich mit Marias Nase. Eine solch innige Verbundenheit zwischen zwei Seelen lässt ihre Feindseligkeit sprachlos werden und jede Misshelligkeit weichen. Obwohl die Klagen der Welt zu uns herströmen, werden unsere Seelen nicht angefüllt von dem Leid der Menschen. So wie die Flüsse ins Meer laufen und es nie voller wird.

Rhythmischen

Schrittes, gleich der Nomadin, die zwischen den Regentropfen geht, erschien Maria in der Ferne der Berge des anatolischen Hochlandes. Wie viele Länder und Grenzen ich hinter mir gelassen hatte, habe ich nicht gezählt. Ich habe auf diesen Moment gewartet. Sie schritt leichtfüßig einher. Neben und hinter ihr ging ein Gefolge von ungefähr zehn Leuten. Tauben umkreisten sie und eine Herde von Ziegen folgte ihr. War sie Hirtin geworden? Mein Herz hüpfte voller Freude fast aus meiner Brust, als sie im weißen Gewand aus Wollleinen näherkam. Als wären ihre Ohrmuscheln mit der Ferne verbunden, so als lauschte sie dem Gesang der Vögel in der unendlichen Weite des Horizonts, als hörte sie von ihnen die Stimme der Liebe – so hingebungsvoll war ihre gesamte Erscheinung in den ätherischen Raum der Lüfte eingebettet. Erkannte sie mich? Natürlich, sie weiß alles. Sie hatte mein Kommen längst vorhergesehen. Ich eilte ihr entgegen. Kaum standen wir uns gegenüber, senkte sie ihre Lider. „Du bist Erfüllung“, flüsterte ich.

„Jakob, heimgekehrter Sohn, mein Freund“, sagte sie und legte ihre Hände auf mein Haupt. Ihre Berührung machte mich glauben, dass Engelshierarchien über ihr thronten. Wir setzten uns auf den kargen Steinen in der ausgetrockneten Steppe nieder. Jemand aus dem Gefolge nahm mir mein Bündel ab. Ein junges Mädchen reichte mir lächelnd Wasser. Sie haben mich erwartet, dachte ich. Als Maria sprach, hörten ihr alle zu.

„Alles kehrt zurück zur Quelle. Die Erde spiegelt sich im Wasser, das Feuer im Äther und der Wind treibt sie an. Jakob, Mann aus Erde, spiegele dich in mir."

Ich küsste ihre Hände. Als wollte sie unsere Begegnung segnen, so sicher und bestimmt setzte sich eine weiße Taube auf meine Schulter. Wie unsere Taube damals in Nazareth, als wir noch Kinder waren und uns erstmals begegneten. Maria war sogleich der Taube innig zugetan. Sie spitzte die Lippen, wandte sich ihr zu, und sie schnäbelten. „Komm, lasst uns nach Hause gehen!", rief sie plötzlich und sprang auf wie eine junge Frau. Das Altern schien sie nicht berührt zu haben. Ich erhob mich freudig, denn „nach Hause" klang in meinen Ohren wie „ins Paradies". Ich war endlich angekommen. Traumwandlerisch folgte ich Maria. Kehrt alles wieder, weil wir uns erinnern? Heißt es deshalb, löst eure Verwicklungen auf, gebt euch dem Strom des Lebens hin, ihr kommt wieder an den Anfang zurück? Aber wie können wir unsere eigene Geschichte hinter uns lassen, Leid und die Wonnen vergessen? Ach, könnte ich einmal reden wie Maria. Ich werde ihr mit inniger Liebe dienen, schwor ich, als wir die Einsiedelei aus kleinen Häuschen betraten.

Maria nahm mich mit in ihr Haus. Ich legte mich auf ein Lager aus Ziegendecken, und großes Glück durchströmte mich. Durch Maria können Menschen die Gewaltlosigkeit verstehen, denn sie ist ihre Verkörperung. Diese Botschaft möchte ich in aller Welt verkündigen. Bei ihr im Nachtigallenberg werde ich unsere Geschichte aufschreiben. Kaum hatte ich den Entschluss gefasst, als eine Taube hereinflatterte und sich auf mich setzte. Als es Abend wurde, folgte ich unserer Königin wortlos hinaus. Pilger und Suchende warteten auf sie. Sie sprach als Abendgebet: Haltet die fünf Elemente rein und achtet sie, dann wird eure Heilung von selbst geschehen. Immanuels Blut ist das Wasser, seinen Leib findet ihr in der Erde, seinen Atem im Wind, seine Augen im Feuer und seinen Geist im Äther. Er weilt in den Elementen unter uns und ist zugleich die Quelle in uns, deren Wasser uns ins endlose Meer strömen lässt. Seine Existenz als winziges Sprudeln im Herzen offenbart uns die Unendlichkeit. Geht hin und tauft euch, aber das Wasser sei euch heilig."

Es herrschte Stille. Unsere friedlichen Herzen erfüllten die Welt mit Frieden. Maria flutete alles um sie herum mit diesem Frieden. Und so, wie **alle Flüsse ins Meer fließen und das Meer nicht voller wird, so fließen die Begierden der Welt in den Heiligen, ohne ihn anzufüllen.** (Bhagavadgita 2.70) Die Schwermütigen brachten ihre Lasten Maria dar. Sie blieb die unberührte Heilige mit der Friedenstaube. Die Heilerin vom Nachtigallenberg.

Alle Wasser laufen ins Meer, und das Meer wird nicht voller … (Prediger 1.7)

Vorausschauend

seit Urzeiten, sehen wir das Kommende als das längst Dagewesene. Warnend vor der Gefahr, unsere Gesänge falsch zu verstehen – über Immanuels Kreuzigung zu studieren, zu diskutieren, gebannt zu reflektieren und über seinen letzten Gedanken, über Avidya, Streit anzufangen, etwa wie „hat er das nun gesagt oder nicht" –, ziehen wir umher. Sprecht die Worte nicht zu deutlich aus, sagt nicht dies ist das und jenes ist jenes. Hört die Zwischentöne, sonst versteht ihr uns nie. Nichts bleibt bestehen. Vergänglichkeit ist der Sinn eures kurzweiligen Seins. Marias Sanftmütigkeit ist ins Weltall eingegangen, und ihr könnt im Nektar der Dichtung versuchen, sie zu fangen.

… an den Ort, da sie beginnen laufen sie wieder hin. (Prediger 1.7)

Sophia, die Verführerin

Ich bin eingesetzt von Ewigkeit, von Anfang, vor der Erde. Da er die Wolken droben festete: da war ich als „Muse“ bei ihm und hatte meine Lust, täglich; ich spielte vor ihm allezeit. (Sprüche 8.23 - 8.30)

Nichts war.

Reines Schwarz. Es hätte für immer so bleiben können, wenn nicht dieses sanfte Lachen erklungen wäre. „Was ist das?“, mit einer Frage begann mein Bewusstsein. Noch weilte es im Dunkeln, bis mir dämmerte: „Ich bin das Lachen.“ Licht strahlte auf einmal durch die Finsternis. „Ich bin ... bin die Weisheit, Sophia, der Anstoß der Schöpfung. Ich bin das Erstgeborene.“ Froh tönte meine Stimme. Und siehe, Wolken bildeten sich, umspielten mein Haupt, grünes Land lag unter meinen Füßen, Blumen riefen mir zu: Schmücke dich! Ich dachte, wenn es mich gibt, muss es auch dich geben. „Wer bist du? Wo bist du? Ich nenne dich Gott. Zeige dich, wenn es dich gibt!“ Meine Rufe forderten die Stille im jungen All heraus.

Nichts. Keine Antwort. Welchen Sinn hat meine lichte Schönheit, der Klang meiner Worte, wenn ich nicht gesehen noch gehört werde? Komm schon, Gott, wenn es dich gibt, zeige dich mir. Wieder nichts. Kein Gott. Suche ich Sinn, kann nur ein Gegenüber ihn mir offenbaren. Ohne dass ich es wollte, regneten kleine Tropfen des Verlangens aus meinen Augen, flehend: Wo finde ich dich? Schweißperlen meines Suchens bildeten winzige Diamanten. Warum zeigst du dich nicht? Unbändig wehten die Winde, tobten wie kosmische Tänzerinnen und entfachten Feuer, die dem All Tränen entlockten, die sich zu Flüssen steigerten und denen die Erde Widerstand leistete.

„Gott, zeig dein Gesicht. Sprich mit mir!“, flüsterte ich zärtlich. **„Gott ist das Wort“** (Joh. 1.1), hörte ich. „Welches Wort denn nun?“ In meiner Erregung beschloss ich stumm zu bleiben, vorerst, um lauschen zu können. „Fff“, sprach der Wind. Es gab keine weitere Stimme. Als ich meine Arme ausstreckte, um das Ersehnte durch die Nebelschleier zu fassen, spürte ich schreckliches Brennen in den Händen. Ist er das Feuer der aufgehenden Sonne? Der Tag entstand. Als meine Lippen zum Kuss bereit waren, offenbarte sich vor mir der Mond als magischer Verführer. Die Nacht war geboren. „Zeig dein Antlitz nur ein einziges Mal“, betete ich, doch mein Blick verlor sich im Abgrund einer endlosen Tiefe. Die Meere waren entstanden. Ich suchte ihn auf dem Meeresboden, bis meine Augen sich verströmten. Fische in Scharen. Sie flossen dahin in Strömen, glichen meiner Sehnsucht nach diesem Unauffindbaren. Bald lechzten die Fischscharen nach einem anderen Dasein. Einige Schlüpfrige schafften es aus dem Wasser hinauf zur Erde. Die Luft verwandelte sie zu Krabben. Auch ich wollte mehr. In meinem Leib vibrierte Lust. „Gott, trete in Erscheinung! Die Weisheit sucht den Dialog!“ In der Mittagsglut versteckten sich die kleinen Schalenträger schamhaft im Sand. Als sie neugierig hervorkamen, richteten sie sich ruckartig auf, reckten die Köpfe empor und bekamen vor meinen Augen vier lange Beine. Sie entwickelten sich zu Säugetieren und paarten sich im Rhythmus der Jahreszeiten. Zwischen meinen Anrufungen an den, den ich als Schöpfer erkor, sah ich die ersten Menschenköpfe auf riesigen Löwenleibern entstehen. **Fisch, Krabbe, Schwein und Löwenmensch waren nacheinander entstanden.** (Gitagovinda 1.1 – 1.4)

Ich wurde leichten Sinnes, und meine Gottessuche ausgelassen. „Du Unentdeckter, sei mein Geliebter. Winke mir aus magischem Auge aufmunternd zu!" Der Unendlichkeit wollte ich seinen unauffindbaren Anblick abtrotzen. Leider rieselten nur Staubflocken nieder. Sie sammelten sich mir zu Füßen und wirbelten sich im Tau der Nacht. Im schlammigen Unrat bildete sich plötzlich ein vollkommenes Rund. Mein Gott, es bebte und blickte mich an. „Seine Pupille!", seufzte ich überrascht. Aus dem Augenblick entpuppte sich das Gottesauge als lebendige Knospe, aus der sich ein Blütenstängel emporschwang. Er wurde immer länger und dehnte sich zum Himmel hinauf. „Das sind seine göttlichen Gedanken. Sie bilden eine Kette", dachte ich und sah erstaunt, wie Gottes Denken zum lebendigen Bild einer Spirale wurde. Ein Reigen aus Sternen krönte den Kreisel dort oben. Gleich einer Sternschnuppe fiel er herabfiel. Es war der Nabel des ersten menschlichen Leibes, um den in Windeseile sich ein Bauch formte. Zwei weitere Kreisel formten Brüste. Es entwickelte sich ein kurvenreicher Leib, der auf langen Beinen stand und den seidiges schwarzes Haar umgab. Wie gefällig war ihr wiegender Gang! Die Frau war geschaffen. Völlig im Bann der grazilen Erscheinung musste ich eine Grenze zwischen ihr und mir ziehen. „Sie braucht einen Namen!", sagte ich. Weil es noch Nacht war, nannte ich sie Nachtgeborene, und weil es windete, noch Windgeist dazu, also Lilith. Sie war meine Schwalbe der Nacht, die im Grau des Morgentaues aus meinem Blick entschwand. Sucht auch sie ein Gegenüber? Bleierne Eintönigkeit lag über der morgendlichen Weite. Ich döste ein wenig.

Beim Erwachen erblickte ich das Licht des Tages. Ein langgezogener Schweif grenzte die Erde vom Horizont ab. Gleicht die Linie nicht einem ewigen Sinnen eines Schöpfenden? Ist sein Denken diese helle Gerade im Unermesslichen?

Schon meinte ich ihn zu sehen, doch war es wahrscheinlich nur ein Zeichen seiner Allmacht. Ich suchte den unendlichen, den lichten Streifen am Firmament entlang nach ihm ab. Da stand vor mir im Licht der aufgehenden Sonne eine Gestalt mit aufrechtem Haupt, gekrönt war die langgezogene Stirn von einem Haarschopf, der golden leuchtete, ein flacher Torso erhob sich aus geraden Hüften über den zwei lange Beinen auf den wohlgeformten Füßen. „Was für ein Wesen!", Gottes Stimme klang überrascht. Er schien berührt von der neuesten Schöpfung. „Aaa, da", fügte ich hinzu. „Mmm", tönte des Schöpfers Echo. Adam, der Herrliche, suchte das Ende der Helligkeit, aus der er sich gerade gelöst hatte.

„Ein Garten“, hörte ich Gott raunen. „Liebe“, fügte ich hinzu. Blüten rieselten von Baumriesen herab, Blätterwerk spendete Schatten. Das Licht schimmerte milde und die Lüfte säuselten. Wie allein Adam im Garten Eden wirkte. Er blickte beständig in die Ferne. Vielleicht dachte er damals, was Menschen auch später noch dachten: „Aus der Unendlichkeit bin ich herausgefallen, ich muss erneut den Anschluss finden.“ „Lilith, meine Nachtgeborene, wo bist du?“, rief ich nach meiner Tochter. Selbstversunken fand ich sie an einem Teich ihr Spiegelbild betrachtend. Sie bewunderte, wie der Wind ihr langes Haar mit fallenden Blüten bestückte. Es entlockte ihr gurrende Töne der Wollust. Selbstverliebt genoss sie das, was ihr nahe war. An den beiden ging mein und sicher auch Gottes Wunsch – paart euch – vorbei. Sie ignorierten die Melodie der Schöpfung: „Vermehren müsst ihr euch!“

„Höre, Lilith, dunkle Schönheit, Nachtgeborenes Kind, du hast dich während meiner schmachtenden Liebe zu Gott selbst geformt. Setze das Gestalten fort. Verlange nach einem Gegenüber! Suche den Mann!“ Aber Lilith blieb ausschließlich von sich selbst eingenommen. Und Adam, ein wenig abseits des Teiches stehend, doch in Sichtweite zu Lilith, betrachtete unschlüssig die Ferne.

„Gott, wo immer du bist, mein Sehnen nach dem Anderen fehlt diesen menschlichen Lebewesen. Sie verzehren sich nicht nach einem Gegenüber, sondern sind in sich gekehrt. Anders als die Tiere, die sich dem Drang der Zusammenkunft von Anfang an hingeben, als Weibchen und Männchen aufeinanderprallen und eigenständig für ihren Fortbestand sorgen, sind sie seltsam.“

„Sie denken zu viel über sich nach!“, waren Gottes Worte. Stimmt. Liliths Selbstgespräch klang nach Sirenengesang: „Wie ansehnlich sind diese Beine, die runden Brüste, wie glanzvoll das lockige schwarze Haar, die Form der Augen gleicht den Fischen im See, einnehmend dieser Leib, der sich wie die Stängel der Seerosen windet. Wer ist das?“

„Sieh von deiner Selbstschau ab, blicke zu Adam hinüber und erwache, du dummes Ding. Was du gerade siehst, ist dein Spiegelbild.“ Sie hörte meine Stimme nicht. Im Wind raschelten die Blätter. Trunken von sich selbst, schaute sie auf. Adam, der unter einem Baum stand, erschien ihr als Baum unter Bäumen. Lilith konnte Schein von Sein nicht unterscheiden. Und Adam störte sich an Lilith, die er für eine blühende Liane hielt, als sie sich über den Teich beugte. Sie gab seiner Suche nach dem Geraden eine Biegung ins Runde.

Gott war sicher kritisch genug, zuzugeben, dass unsere Menschenkinder sich falsch entwickelten. Somit war die Schöpfung fehlgeschlagen. „Geliebter, komm zeig dich mir endlich, und wir greifen zusammen ein!“, lockte ich verführerisch. Lediglich der Himmel grollte und schreckliche Unwetter kamen auf. Eine Sintflut drohte, alles Entstandene zunichte zu machen. Und endlich er: als ein Flammentanz offenbarte sich Gott. Ich fürchtete mich vor seinem Anblick. Zwischen den Blitzgewittern wütete er. Die Berge drohten zu zerbersten. Tobend griff er nach Adam und riss ihm die linke Rippe heraus.

„In deinen Nabel, du Flachbrüstiger, will ich deine Rippe zurückstoßen und dich aufwecken aus deiner Absicht, dich im Fernen zu verlieren. Wecke das Weib aus eitler Nabelschau! Das sei deine Aufgabe!“, donnerte es. Ich verbarg mein Gesicht, doch Gottes Hand zeigte sich klar, durchbrach die Schleier vor meines Geistes Augen. Seine Hand hielt die Rippe aus Adams Brust und führt mir Gottes Grausamkeit vor Augen. „Was tust du mir, die dich liebend sucht, mit solchem Zorne an?“ Der Knochen wurde elastisch, und Gott, statt ihn in Adams Leibesmitte zu stoßen, verfehlte. Die Rippe blieb Adam zwischen den Beinen hängen. „Aaa, da...mmm“, murmelte Gott und meinte, ah, da passt sie hin. Sogleich beruhigte sich alles. Die Sonne kehrte zurück und trocknete die Welt. Der besessen Tanzende war verschwunden.

Ich schloss die Augen und spürte, wie auch Gott sich zurückgelegt haben musste, um in der reingewaschenen Natur auf einer weichen Schaukel aus schwindenden Nebeln zu ruhen. Mein Herz schmolz in ihn, seine Liebkosungen im säuselnden Wind beruhigten mich und wir vereinten uns in der Empfindung des Schlafes.

Lilith! Mein Geschöpf stand vor mir, als ich die Augen wieder öffnete. Leicht wie ein Reh hüpfte sie und schüttelte das Wasser des Regenschauers aus ihrem Haar. Der Sturm im See hatte ihr Spiegelbild zerstört. Sie lief auf den Hain der frisch erblühenden Büsche zu. Ich sog den Duft der Pflanzen ein. „Das ist es! Bei ihrer Entstehung ist der Geruchssinn vergessen worden“, rief ich aus. Lilith hatte sich gebildet, als ich Gottes Nabel als Knospe visualisiert und sich dabei kein Duft verströmt hatte. Lilith und Adam waren zwar mit dem Sehsinn ausgestattet, auch hörten sie, aber rochen nichts. „Gott, du Schelm, spukhafter Geist in der Trübung der Luft, du hast vergessen, den Menschen das Riechen zu übertragen!“

„Aum“ erklang, darin zirpten die Grillen und die Vögel hoben ab, um die einsetzende Dunkelheit anzukündigen. Die duftenden Ranken, in denen sich die Bienen tagsüber im Licht aufgeregt tummelten – wie schwermütig sie auf einmal in der Dämmerung wirkten. Lilith, die in der Schwärze geborene Tochter, wandelte ohne sich zu fürchten. Ich stimmte ein Lied an: „Fühlt und riecht den würzigen Balsam der Nacht.“ Diesmal wandte sich Adam der Erde zu und hörte ihren Ruf: Aus mir entsteht Leben. War es Zufall, dass er vor dem Baum des Lebens stand und innehielt? Denn auch Lilith war hierher gekommen. „Seht euch vor. Wer von den Früchten nimmt, wird Vergangenheit, Gegenwart und Zukunft zusammen sehen. Das haltet ihr nie aus!“, hörte ich Gott drohen. „Ihr Kinder des Paradieses, atmet den Duft vom Baum des Lebens ein. Er wird euch helfen zwischen Genießbarem und Ungenießbarem zu unterscheiden“, gab ich den beiden ein. Lilith hatte mich erhört. Sie riss einen Zweig von dem geheimnisvollen Baum ab und schlang ihn um ihren Nacken. Sie schloss die Augen und senkte die Nasenspitze zu einer kleinen, noch unreifen Frucht herab, die an dem Geäst locker baumelte und würzig duftete. „Aaa“, seufzte sie. Es war geschehen: Sie roch endlich!

Adam, der Schutz in der sich herabsenkenden Dämmerung suchte, hörte das erste Mal das wonnige Stöhnen einer Frau. Seine ehemalige Rippe, die ihm schlaff zwischen den Beinen hing, regte sich und stand auf. Ein unbekanntes Wohlgefühl vereinnahmte ihn. Er erblickte das reizende Weib. Wie der Tag sich der Nacht hingibt, schien auch er nach Geborgenheit in der Wonne ihres Leibes zu suchen. „Strebe hinein, Adam“, sang die Natur. „Aaa“, wisperte Lilith, als sie Adams festes Glied spürte, im Einklang mit den lockenden Papageien. Er rieb sich an ihrem weichen Leib, und sie stöhnte „u, u, u“ mit dem Ruf des Pfaus, und als er in sie drang, es war ihr, als würden auch nachts die Bienen „mmm“ summen. Adam und Lilith gaben sich umhüllt vom Geruch des nächtlichen Paradieses einander hin.

„Wer bist du“, fragte die ermattete Lilith erstaunt. Er, der gerade den würzigen Wohlgeruch der Nacht einsog und der nicht wusste, wer er war, roch verlegen an Liliths Hals, und ein einfältiges „Aaa“ entschlüpfte ihm. Verlangend schielte er auf Liliths Bauch und lächelte „mmm“. Er wiederholte langsam, und sein erstes Wort entstand stotternd: „A... da... m...“ Lilith wiederholte zärtlich „Adam“, und ich raunte „Lilith“ mit dem Säuseln der Nacht. „Lilith“, Adams Echo erfüllte die Dunkelheit. „Gelungen!“, freute ich mich. Die beiden Menschen hören sich, sehen sich, riechen und fühlen sich!“ Lilith erkundete Adams Haar, erst das auf dem Kopf, dann das kleine, ganz feine auf dem Leib, flüsterte: „Adam!“ Er streichelte die Sanftheit, die sich auf ihren geschlossenen Lidern niedergelassen hatte.

Jetzt fehlte ihnen nur noch das Schmecken. „Beißt in die Frucht vom Baum des Lebens und begegnet dem Tod! Schmecken sollt ihr die Vergänglichkeit alles irdischen Lebens. Jede Frucht vergeht!“, kommandierte ich. Lilith pflückte eine reife Frucht, die von einem niederen Ast des ausladenden Baumes herabhing, biss zu und sog am samtigen Fruchtfleisch. Dann leckte sie die innere Süße mit der Zunge auf und spuckte die kleinen Kerne aus. Adam, der beobachte, wie genüsslich Lilith aß, nahm begierig die Frucht, die sie ihm darbot, und lutschte sie aus. Wonnig und gesättigt legten beide sich nieder. Sie spürten sich gegenseitig mit allen Sinnen. Sie bissen sich und saugten aneinander. Sie atmeten sich ein und genossen die Laute der Liebe. Sie blickten sich an und begehrten sich erneut. Sie forderten von ihrer Lust, auch wenn diese auf dem Höhepunkt war, dass sie nie vergehen solle. Lilith spuckte Adams Samen aus, wie die Kerne der Frucht, und trank ihn aufs Neue. Sie ließen gar nicht mehr voneinander, so sehr schmeckten sie sich. Lilith bestieg Adam, doch Adam wollte immer wieder über Lilith thronen. Sie kämpften miteinander. Tag und Nacht vergingen, während ihr Liebesspiel ununterbrochen blieb. Sie waren dem Geschmack der Wollust verfallen. In den wenigen Pausen labten sie sich an den süßen Früchten vom Baum des Lebens. Sie lernten schnell, mit Sprache umzugehen, zankten, wer oben und wer unten zu liegen hatte bei ihrer nächsten Vereinigung. Kaum ein wenig ausgeruht, ging es mit dem gewaltigen Ansturm der Sinne in die nächste Runde.

Beim Anschauen solch verrückten Gebarens wie das dieser Liebestollen – Lilith hatte sich während der vielen Vereinigungen mit Adam immer mehr auf alle Viere begeben und wollte sich nicht mehr aufrichten –, verlor ich mein Gleichgewicht und sagte vor mich hin: „Wie bedacht sind Gott und seine Sophia! Sie – also ich – vertraut ihm, er gibt die geheimen Zeichen und nebenbei sind Welt und Wesen entstanden." Lilith und Adam hingegen hatten sich ineinander vernarrt und wollten die Zeit anhalten. Meine in der Dunkelheit geborene Tochter wurde mit dem Einbrechen der Nacht immer mehr zum Tier. In diesem Moment hallte im Garten Gottes erstes Gebot: „Aufhören! Nehmt nichts vom Baum des Lebens!" Lilith erschauerte. Gottes Worte kamen bei ihr an. Sie schloss fest ihre Beine und verweigerte sich Adam. Verblüfft sah er, wie sich langsam schillernde Schuppen auf ihrem Unterleib und ihren Beinen bildeten. Herbeiwehende Blätter blieben auf ihr liegen. Sie schien zu sterben. Ihre untere Hälfte verwandelte sich und wurde im Licht des aufgehenden Mondes zum riesigen Fischschwanz. Adam riss die Augen auf und machte sich, von Entsetzen gepackt, auf und davon. Lilith lag hilflos unter dem schwer mit verbotenen Früchten beladenen Baum. Gottes Donner ließ sie erstarren:

„Lilith muss das Paradies sofort verlassen! Wer vom Baum des Lebens nimmt, ist verflucht!" Ein Blitz erhellte Liliths Gesicht. Mit den magisch anziehenden Augen einer Nymphe suchte sie nach Adam. Hatte er nicht auch von den Früchten genommen? Ihre Stimme überschlug sich in immer höher werdenden Tönen. Geisterhaft klang es durch die erleuchtete Nacht: „Trag mich in den See, mein Leib brennt!“ Adam musste sich mitschuldig an ihrem Dilemma fühlen. Er stahl sich zurück zu dem Baum, der scheinbar über Leben und Tod entschied. Er nahm die nun in Trance daliegende Lilith, schleppte sie zum Teich und legte sie ins seichte Wasser am Ufer. Kaum spürte Lilith das Nass, glitt sie in den Teich hinein und tauchte ab. Schwermütig über lange Zeit hinweg, betrachtete Adam das Wasser. In dessen dunklem Schlamm gebar Lilith Kinder. Stumme Kinder, die mit den Fischen umherschwammen und mit den Kröten und Krebsen spielten. „Geht das Leben rückwärts oder ist es nur ein Traum?“, hörte ich Adam dem abgründigen Wasser zugewandt fragen. „Findet sich eine andere Welt unter dessen Oberfläche? Gibt es etwas hinter den Dingen, das ich nicht erschauen kann?“, brütete er. „Ist da noch jemand? Wohin ist sie gegangen? Ist das der Tod? Warum graust es mir vor dem kalten Nass und dessen Sog ins Niedere?“ Ich empfand Mitleid mit dem schöngestalteten Mann, der allein und ohne Antrieb vor sich hin vegetierte. Ich versuchte ihn zu trösten: „Adam, vergiss den Verlust dieser Frau. Menschen können weder das Leben noch den Tod verstehen. Blicke auf. Sieh von dir selbst ab. Sehne dich nach mir, ich bin Sophia, die Erkenntnis. Beständig suche ich nach Gottes Anblick, auch wenn er sich mir schon als abschreckend gezeigt hat.“ Seine Augen suchten aber weiter den Teich ab. Einmal, als Lilith wie ein Geist auftauchte, ihn mit dem Lied einer

Nymphe herbeilockte, versuchte Adam das Unwirkliche zu umschlingen. Er schien verwirrt. Ich konnte nur zusehen, wie er hier und Lilith dort in einem anderen Reich unerfüllt blieben, immer weiter auf der Lauer nach einander, gebannt von der Erinnerung an ihre überwältigende Liebeslust. Sie waren an das Vergangene gekettet. Der Baum des Lebens, das gab ich nun zu, ist nichts für die Menschen.

Dem azurblauen Himmel entnahm ich, dass Gott mir verzieh, die ersten Menschen zum Kosten der verbotenen Früchte verführt zu haben. „Weisheit ohne Gott ist schändlich“, flüsterte ich keck. Er antwortete pragmatisch: „Adam braucht ein neues Weib, eines, das ihm Gehilfin sein kann. Sie wird ihn vom Wahn nach der Wilden erlösen.“ Ich sang: „Lilith braucht ihre Freiheit und vor allem ihre Beine zurück.“

Von einer Welle aus meinen Gefühlen war sie weit fort getragen und an einen fernen Strand gespült worden. Der Fischschwanz war mittlerweile verschwunden und sie stand längst wieder auf eigenen Beinen. Blass wie ein Tag unter frühmorgendlichem Dunst vernahm ich ihren Fluch: „Mann der Vergangenheit, wer immer du gewesen bist, nie werden wir beide Erfüllung finden!“ Ach, warum beurteilte sie das Erlebte? Doch meine Schwalbe der Nacht fügte noch versöhnliche Worte hinzu: „Es sei denn, auch du schwimmst durch das Meer der Erlösung, das von der Sucht nach Wiederholung befreit!“ Und als Lilith eine friedlich grasende Herde aus Gazellen vor sich erblickte, beschloss sie: „Ich will mir jetzt selbst genüge sein und mich den Tieren anschließen. Unberührt von den Verführungen der Gerüche will ich bleiben!“ Sie streifte durch das Grasland, und **wo Wüstentiere leben und wilde Hunde zusammentreffen und Bocksdämonen einander begegnen, ja dort rastete Lilith und fand ihren Ruheplatz.** (Jesaja 34.13 – 34.16)

Währenddessen griff Gott vorsichtig in die Schöpfung ein. Ich sah diesmal nur seine Finger. Zärtlich entnahmen sie Adam aus dessen linker Brustseite etwas vom Herzen. Einen Tropfen Blut, ein wenig Knochen. Ein sanfter Wind blies. Sein Mudra aus Daumen und Zeigefinger löste sich im Nichts auf. Vor meinem neugierigen Blick wuchs ein zweites Weib. Klein und zierlich war sie geraten. Sie schlug die Augen auf, erblickte den Mann und murmelte: „Ee vaa“, was so viel wie „He, komm her“ in der Sprache des Paradiesgartens bedeutete. Ihr Gehirn schien prächtig zu funktionieren, denn sie sprach vor sich hin: „Ich bin dem Mann entnommen, er wird sich dauernd nach mir sehnen, um sein Blut, seine Knochen und sein Herz wieder zusammenzubringen.“ Und als sie Adam verloren in die Ferne blicken sah, las ich ihre Gedanken: A, da – er ist hier und doch woanders, irgendwo in der Weite. Sucht er in der Endlosigkeit seinen Anfang?

Dies schlaue Weib dachte: „Ich muss ihn nur zu mir rufen, und er wird die Richtung wechseln und erkennen, dass ich es bin, die ihm fehlt.“ Und tatsächlich, als Adam „Ee vaa“ hörte, wurde er magisch von der neuen Frau angezogen. Sie schien ihm wesensverwandt. „Eva“ nannte er sie. Er staunte, wie sein Glied wieder zur festen Rippe wurde, sobald er sich Eva näherte. Mit der angeschwollenen Kraft seines Verlangens entdeckte er die Höhle unter der sanften, mit Haaren bewaldeten Erhebung unter dem Nabel Evas und drang mit seinem ehemaligen Gebein, das der Brust entnommen war, in die neu geschaffene Frau ein. Er bebte, zuckte, war zufrieden und fiel in seligen Schlaf. „Ich bin vollkommen mit ihr. Ich will ein Haus bauen, in dem wir wohnen können", beschloss er beim Erwachen.

„Mein Geliebter, deine Schöpfung hat jetzt die richtige Dynamik fürs Wachstum", freute ich mich. Im Garten Eden gebar Eva ihren ersten und bald darauf ihren zweiten Sohn. Hellsichtig blickte ich in Adams dunkle Träume. Lilith erschien ihm und lockte ihn wieder, das Weite zu suchen.

„Oh Gott, du wohnst in der Fülle, die der Leere innewohnt, deine Stimme ist immer anwesend. Und jetzt? Schläfst du? Sieh doch, wie Adam ins Vergangene zurückfällt!"

„Wo du weilst, meine geistreiche Sophia, entstehen Gedanken. Was erwartest du anderes von Adam, als dass er sich erinnert?", vernahm ich Gottes prompten Kommentar. Adam baute sein Haus aus Steinbrocken und Erde weiter aus. „Ee vaa", also „komm her" rief Eva ihm täglich zu, „wir brauchen mehr Raum für unsere Söhne!" Erteilte sie Befehle? Das würde nicht gutgehen. Ich sah Unheil voraus. Während ich Adams Gedanken las: Ist das nun alles, mein ganzes Leben, oder gibt es noch etwas Unentdecktes, das in der Ferne auf mich wartet? Dachte er sich die Vergangenheit

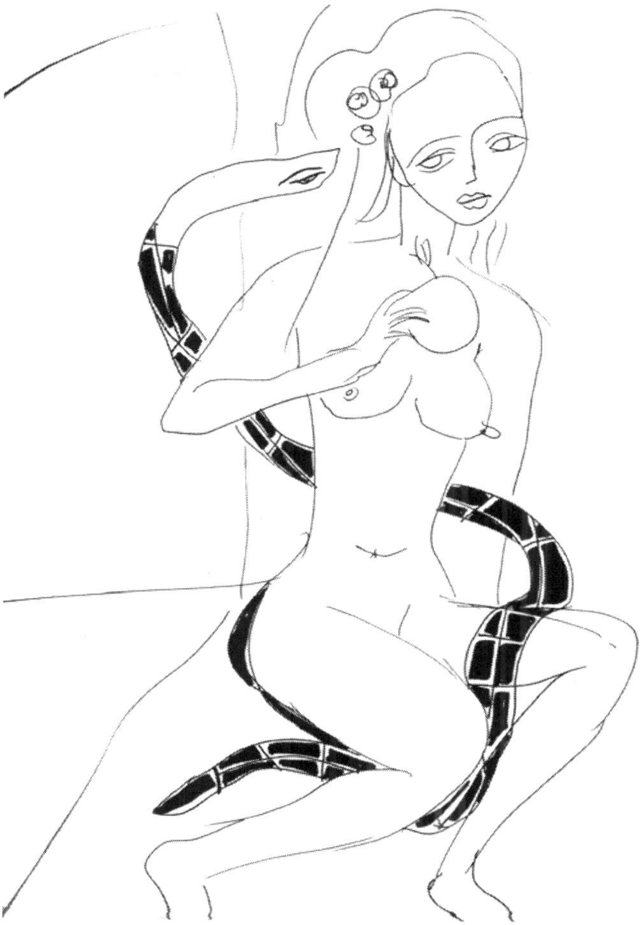

erneut als Zukunft? Wie er seufzte und sich mit seiner starken rechten Hand auf die linke Brust schlug, als würde sein Herz schmerzen, wenn Lilith, meine Tochter der Verwandlung, ihn nachts in seinen Träumen heimsuchte. Ich hatte Mitleid. Es sah so aus, als würde er auf einmal sehnlich nach den Zusammenhängen suchen, genauso verlangend, wie ich beständig nach jenem Gott, der Gegenwart, Zukunft und Vergangenheit in sich trägt, suchte. Machten Adam die Ansprüche Evas zu schaffen, oder litt er unter der Vorstellung, endgültig von seiner ersten Frau verlassen zu sein?

In der Zwischenzeit, weit außerhalb des Garten Edens, fand Lilith erneut einen Teich. Diesmal offenbarte ihr das Spiegelbild mehr als nur ihr Selbst. Sie sah die Welt darin. A! Da, mmm! Er denkt an mich!“ Spitzfindig geworden, erreichten sie Adams wilde Träume und sie konnte zudem in sein Leben an der Seite Evas blicken. Wühlte sie der Gedanke an die Ungerechtigkeit, die ihr wiederfahren war, auf? Wütend sagte sie: „Warum bin nur ich aus dem Garten Eden verstoßen worden, wo doch auch er von den verbotenen Früchten gegessen hatte?“ Sie sann auf Rache. „Der Baum der Erkenntnis! Genau! Nicht weit von dem gefürchteten Baum des Lebens steht der gefährliche Baum der Erkenntnis“, sagte sie mit einem abgründigen Lächeln auf den Lippen. Ich wusste, dass dieser Baum zum Urteilen verführte. Adam und Eva würden beginnen schwarz oder weiß zu sehen und alles in gut oder böse einzuteilen. Sie würden ihren paradiesischen Zustand verlieren. Ich schrie nach Gott: „Greif ein, bevor es zu spät ist! Lilith will Adam und Eva zum Kosten der Früchte vom Baum der Erkenntnis bringen!" Diesmal gab Gott kein Zeichen und überließ die Dinge sich selbst. Lilith meditierte. Ein Gefühl der Macht schien sie zu durchströmen, denn sie wirkte stolz und stark. „**Wer die eigene Form gut kennt, kann unsichtbar werden**" (Yogasutra 3.21), flüsterte sie dem Abbild auf der Wasseroberfläche zu. Und tatsächlich verging ihr Leib. Sie schlüpfte in den Körper einer Schlange. Geschmeidig kroch sie den weiten Weg zurück in den Garten Eden. Dank ihrer erlangten Siddhis, nahm niemand sie wahr. Mit listigem Ton zischte sie:

„Eva, dein Mann verlangt nicht mehr nach dir. Er träumt von einer anderen Frau." Eva hörte die weibliche Stimme, sah jedoch niemanden. „Unsinn", wehrte sie sich gegen das, was ihr als die eigenen Gedanken erschien. Hier griff ich ins Geschehen ein und mahnte meine Tochter zur Solidarität mit ihrer Schwester. Sofort änderte Lilith ihren Tonfall und sprach zunächst klug und überlegt, ganz so, wie ich es von meiner Tochter erwartete: „Eva, Schwesterherz, der Mann will immer das Weite suchen. Er braucht die Erkenntnis. Komm ihm zuvor. Es gibt einen Baum der Erkenntnis. Iss zuerst dessen Frucht, noch bevor er sie erreicht." Ich erschrak über ihrer letzten Sätze. Doch sie fuhr fort: „Einst habe ich Früchte vom Baum des Lebens gegessen und Macht über Adam erhalten!" Ich sah schwarz. Lilith beeinflusste Eva, tat aber so, als würde sie diese warnen: „Pass auf, jeder Paradiesapfel enthält Kerne, die Übersinnliches offenbaren. In Maßen eingenommen geben sie dir Scharfsinn. Gottes Wutanfälle werden euch verschonen und ihr könnt miteinander glücklich werden, wenn du auch Adam davon gibst. Er wird sich ganz nach dir richten, ohne weiter den unerreichbaren Dingen nachzulaufen oder zu versuchen in die Schöpfung einzugreifen.“ Eva fragte verblüfft:

„Woher bist du so klug? Und warum gibst du mir diesen Rat? Wer bist du?“ Lilith zeigte sich Eva als schwarze Kobra und antwortete:

„Ich bin Circe, ein Zwischending, mal Tier, mal Mensch, Instinkt und Geist, stets wandelbar, bin die Verführerin, die lockt und zur Weisheit führt. Aber weil ich mich der Illusion ganz hingegeben habe, kann ich mich mit keinem Menschen mehr einlassen. Niemals wird Adam meine weibliche Gestalt sehen können, obwohl er meint, er hätte mich schon besessen, und nun nach mir verlangt. Ich bin ich, aber für dich nichts anderes als eine Fantasiegestalt. Frei. Sehnsüchte nach verflossenem Glück haben mich herbeigerufen. Wie, Eva, willst du glücklich sein mit einem Mann, der stets in die Ferne schielt? Du kannst aber sein Verlangen nach dem Unerreichbaren beenden, wenn du auf meinen Vorschlag eingehst.“

Eva war über Adams Weitblick, mit dem er sie übersah und in die Ferne stierte, längst verstimmt und begriff, dass sie in Gestalt der Schlange eine weise Seherin vor sich hatte. Jedenfalls schien sie von dem Vorschlag angetan, bedachte sich aber eine Weile, denn zunächst hatte sie Skrupel. Der Baum der Erkenntnis lag auf der anderen Seite des Flusses. Adam hatte ihr eingetrichtert:

Ernte nichts von der linken Seite des Flusses. Sein Instinkt musste ihm gesagt haben: „Das Linke ist unberührbar.“ Möglich war, dass dieses Gespür auf die Verletzung zurückging, die Gott ihm zugefügt hatte, als er ihm die Rippe seiner linken Seite entnommen hatte.

„Gott, zeige dich und greife ein! Unsere Geschöpfe streben nach den Früchten der Erkenntnis! Sie wollen selbst göttlich und weise werden! Das kann nicht gut gehen! Sie werden zwischen Gut und Böse hin- und hergerissen werden wie ein Eisenspan zwischen den Polen.“ Aber Gott schwieg. Eva zwinkerte der Schlange zu. Ich sah, wie meine kluge Tochter Lilith sich mit dem aus Adam geborenen Weib vertraulich verband. Lilith lispelte süffisant: „Jedes Gift ist auch Medizin, und alles Verbotene kommt vom Gebot deines Mannes. Nun sei du selbst und handle nach deinem Gebot. Denk an die künftigen Zeiten. Komm, schwimmen wir hinüber ans andere Ufer!“ Kaum hatte sie das gesprochen, wurde sie wieder unsichtbar.

Eva war unaufhaltbar. Verstohlen watete sie durchs kniehohe Wasser zur anderen Seite. Eva bewunderte den Baum der Erkenntnis mit seinen weit ausladenden Ästen und auch die leuchtende Farbe der prallen Früchte, von denen sie ohne zu zögern die Größte abpflückte. Entschlossen brach sie dann den weichen Paradiesapfel in zwei Hälften, saugte vorsichtig nur einen kleinen Tropfen von der einen Fruchthälfte und spuckte Kerne und Schale aus. Da erkannte sie, dass ihre Brüste voller Milch waren und sie selbst Frucht für künftiges Leben war. Ergriffen vom Heimweh nach ihren beiden Kindern sagte sie: „Ich muss auch meinen kleinen Söhnen ein wenig von der übrigen Frucht darbringen. So können sie einsichtig werden und der Neid wird nicht über sie kommen.“ Vorsichtig brachte sie die übrige Hälfte der Frucht hinüber ans rechte Ufer. Lilith beobachtete ungesehen im hohen Gras liegend, wie Eva Adam verführerisch umschmeichelte:

„Ich habe etwas gekostet, das anders als alles vorher Gekostete schmeckt.“ In seiner Gier nach neuen Erfahrungen fragte er nicht, ob es links- oder rechtsseitig des Flusses geerntet war, sondern schluckte sofort und ohne Vorsicht die gesamte Hälfte der Frucht mit all den Kernen und der Schale hinunter und ließ nichts für seine Söhne übrig. „Eine Katastrophe“, rief ich laut, und weiter: „Ewiger Gestalter des Lebens, greif ein, sie zerstören sich! Adam ist der Erkenntnis nicht gewachsen!“ Gott aber regte sich nicht. Ich beobachtete, wie Adam sich an die linke Brust fasste und stammelte: „Eva ist mir entnommen. Sie macht mich deshalb geringer. Das schlaue Weib ahnt es und lockt mich ständig zu sich. Ich muss ihr Herr und Meister werden, denn ich bin die Grundlage ihrer Existenz. Sonst lässt sie mich spüren, dass mir etwas fehlt.“ Als er zum Himmel hochblickte, begann er sich zu fürchten. „Hat ein Gott mir meine Rippe entrissen? Damals, als ich Lilith nicht wahrnahm?“ Adam ahnte erstmals dasselbe, was ich längst wusste. Es gab ihn, diesen Gott. Aber warum zeigt er sich nur in den schrecklichsten Momenten? Jedenfalls wurde Adam bewusst, dass er auf die Erstgeschaffene anfangs nicht reagiert hatte, und nun betrog er in seinen Gedanken die liebliche Eva mit diesem Urweib. Sich seines ehemaligen Unvermögens vor der verlorengegangenen Geliebten bewusst, übertönten Adams Ausrufe die sanften Laute des Paradiesgartens:

„Das erstgeschaffene Wesen bin ich selbst, Adam! Aus meiner linken Seite wurde Eva geschaffen und mir zur Seite gestellt! Auf dass ich mich in sie versenke und Lust empfinde, bei der ich mich selbst vergessen kann und mich vom Nachgrübeln befreie! Sie möge mir dienlich sein!“ Hiermit verbannte er Lilith aus seinen Gedanken.

Lilith wandte sich hin und her. Wie er sie auf einmal verleugnete! Hoffte er so die ewige Sehnsucht nach dem Urgrund zu bezwingen? „Eins will ich werden mit der Erde, Schlange will ich bleiben“, lispelte sie. Ich sprach ihr zu: „Lilith, mein Kind, sei nicht enttäuscht von Adam. Der Garten ist ein Trugbild. Nun bist du seiner Täuschung enthoben.“

Ich war gleichzeitig präsent in der Vorhersicht, durch die Adam ahnte, dass er nicht der einzige Mann bleiben würde, sondern es sicher bald eine Anzahl anderer Männer geben würde. Und da er nicht wollte, dass diese seine Eva besitzen, befahl er ihr, ihre Blößen zu bedecken. Und auch er bedeckte seine Rippe zwischen den Beinen, denn er schämte sich, dass er immer wieder daran erinnert wurde, wie Gott ihm diese im Zorn angehängt hatte. Nur manchmal und heimlich, doch mit Empörung, dachte er an das schöne, erstgeschaffene Weibchen, das verzaubert wurde, weil er nicht rechtzeitig zugegriffen hatte. Ausgerechnet dann fühlte er sich potent und schöpferisch. Doch sein Geheimnis verhüllte er mit Kleidern. Er wusste, warum das Paradiesische dahin war. Von dem Moment an, als er die Schöpfung durchschaute, begann seine Misere.

„Gott, wo bist du? Sieh doch, wie Adam sich entwickelt! Er ist in der Welt der Äußerlichkeiten gefangen", flüsterte ich. Die Dunkelheit der Nacht ließ Gott verhüllt.

Da spielte ich auf seinem Erdkreis und hatte meine Lust an den Menschenkindern. (Sprüche 8.31)

Eva blieb Adam zugeneigt, war sie doch auch seine andere Seite, etwas von seinen Knochen, seinem Blut und seiner Seele. Klug lenkte Eva Adam von zu vielem Denken ab:

„Adam, wenn wir abgestorbene Fasern mit Blüten dekorieren und kunstvoll zu Kleidern verweben, werden wir Kunstfertigkeit im Herstellen erreichen und erfolgreich Kreationen aus den Objekten schaffen, die sonst nur nutzlos herumliegen oder verwelken." Adam gab ihr Recht, sie würden ihrem angeborenen Schöpferinstinkt nachgehen können und Weisheit erlangen und irgendwie glücklich werden. Die Fertigung kunstvoller Roben begann. Schon damals wurde die Mode geboren. Adam konnte somit auch die frigide gewordene Lilith integrieren und wenigstens in seiner Illusion ihre Anmut mit Gewändern ausschmücken. Zwar konnte er nicht in die Schöpfung eingreifen, um die Verführerische in eine Frau zurückzuverwandeln, aber er konnte ihr ein Gewand entwerfen, das ihren Fischschwanz verbarg, der in seiner Erinnerung dominierte. Von da an war alles bedeckt. Menschen erzählten die Geschichte fortan so, wie Adam es befohlen hatte. Der Mann sei der Erste gewesen.

Ich schloss die Augen und belauschte durch Jahrhunderte hindurch, wie die Gegenwart von einem als künftig gepriesenen Leben übertrumpft oder dem Vergangenen überschattet wurde. Adam sowie auch alle nach ihm geborenen Männer wähnten das Paradies als das Unerreichbare oder das lang Zurückliegende. Ihr Tatendrang ergab sich aus dem Verbessern der Lage. Eva, die durch ihre Mäßigkeit beim Verspeisen des Paradiesapfels die Kerne nicht geschluckt hatte und nicht von psychedelischen Macht- und Wahnvorstellungen befallen wurde, blieb zufrieden mit der Erkenntnis, dass sie ihre Kinder säugen konnte. So weilten die ihr nachfolgenden Frauen als nährende Mütter in ihrem eigenen Paradies. Im Jetzt. Lilith hingegen, mit ihrer aus der Selbstversenkung gewonnenen Magie, durch die sie tun und lassen konnte, was ihr beliebte, spürte eine grenzenlose Freiheit, die sie als ihr persönliches Paradies empfand. Sie sah stets in die Zukunft, war Vorfahre phantastischer Wesen, die sich als Teufel oder Engel unter die Menschen mischten.

Einmal, in der Dunkelheit einer Nacht, wurde ich einer tiefen Zufriedenheit Gottes mit der Erschaffung der unzulänglichen Geschöpfe gewahr. „Seid ihr, wie ihr seid!“, hörte ich ihn im niederströmenden Regen sprechen. Und am Morgen darauf fühlte ich seine Nähe im Gesang der Vögel und in der Wärme der Sonnenstrahlen. Als ich beglückt meine Lider hob, sah ich endlich seine herrliche Gestalt. Sie strahlte als Licht des aufgehenden Tages. Mein Bewusstsein lehnte sich gegen das Licht und wurde Licht. „Mein Gott, alles durchdringt uns. Du bist ich, bist vollkommenes Wissen. Ich bin du, bin kreativ und sinnbegabt. Wir sind eins!“, formte sich der Gesang der Natur. Bedacht klangen Worte in der ewig jungen Welt: **„Dies ist ganz, jenes ist ganz, aus dem Ganzen kommt das Ganze, nimmst du vom Ganzen, bleibt das Ganze übrig.“** (Ishavasya Upanishad 0.1) Nirwana war.

Glossar

Avidya, (Sanskrit) philosophischer Gedanke, bei dem Menschen die Welt und ihre Dinge durch persönlich geprägte Wahrnehmung einfärben und nicht so sehen, wie sie ist.

Matera, Blume, die in kargen Gegenden um den Brunnen wächst.

Mezuzah, (Hebräisch) Schriftkapsel am Türpfosten.

Mikweh, (Hebräisch) rituelles Tauchbad zur Erlangung kultischer Reinheit.

Mudra, Handgeste von Bedeutung: Zeigefinger und Daumen zusammen – die göttliche Vollkommenheit.

Nirwana, yogische Einserfahrung irdischer wie überirdischer Dinge, der Zustand der Leere, die Erfahrung der Existenz von 0 oder Nichts. Paradieserfahrung im Jetzt.

Peret, nach dem ägyptischen Kalender Zeit der Aussaat zwischen Oktober und Januar (Winter).

Rahasya, (Sanskrit) Geheimnis, Unaussprechbares.

Samneh, geklärte Butter, gleich wie Ghee.

Shaddai, (Hebräisch) der Herr, der Name, Segnung, auch in der Mezuzah verborgen wie Shema Israel.

Shin, hebräischer Buchstabe, u. a. bedeutet er Trinität.

Siddhi, (Sanskrit) geheime doch übernatürliche Kräfte, die sich durch die Versenkung in ein Thema entwickeln.

Tamil, Sprache im Paradiesgarten? Adams Fußabdruck wird auf dem Adams Peak in Sri Lanka verehrt.

Tof, rundes Tamburin, Schellentrommel, meistens von Frauen gespielt und zum Tanz eingesetzt.

Quellen

„All trumpets sound“, W. O. Hardy, Popular Library, USA 1957

„Mummy's dream" Story of the Exodus H. B. Proctor, Simkin, Marschal and co., London 1889

„Prince of Egypt", Dorothy Clarke Wilson, Pocket books, Cardinal edition, New York 1949

„The coming of Amosis Ra", Frederic Thurstau, Francis Griffiths, London, 34 MaideLane, Strand, WC 1914

„Die Bibel oder die ganze Heilige Schrift“, Martin Luther, Preußische Bibelgesellschaft, Berlin 1901

„Der Sohn der Sonne“, Dr. Ralf-Peter Märtin, Geo Epoche, April 2000

„Das Neue Testament und Frühchristliche Texte“, Klaus Berger und Christian Nord, Insel Verlag, 2003

„Bhagavadgita", Bharatiya Vidya Bhavan, Bombay, 1959

„Gitagovinda“, Writers Workshop Publication, 1944

„Tantra – The Indian Cult of Ecstasy“, Thames und Hudson, London 1973

„Der Talmud“, Orbis Verlag, 1999

„Yogasutra“, übersetzt von R. Sriram, Theseus, 2006

Künstlerische Beratung, Lektorat und Korrekturlesen:

Irene Nießen, Frankfurt

Sven Görler, Nellingen

Karin Lochner, München

Allen Dreien Dank für ihre konstante Begleitung und den regen Austausch während der Entstehung des Manuskripts.